新訂
懐風藻漢字索引

編　者

辰巳正明

新典社

Shintensha

新訂 懐風藻漢字索引 —— 目次

懐風藻漢字索引〔本文篇〕

凡例……7
序 9
1 大友皇子 10
2 河嶋皇子 12
3 大津皇子 13
4 釈智蔵 15
5 葛野王 17
6 中臣大嶋 19
7 紀麻呂 20
8 文武天皇 21
9 大神高市麻呂 22
10 巨勢多益須 23
11 犬上王 24
12 紀古麻呂 24
13 美努浄麻呂 25
14 紀末茂 26
15 釈弁正 27
16 調老人 28
17 藤原史 29
18 荊助仁 31
19 刀利康嗣 31
20 伊与部馬養 32
21 大石王 33
22 田辺百枝 33
23 大神安麻呂 34
24 石川石足 35
25 山前王 35
26 采女比良夫 36
27 安倍首名 37
28 大伴旅人 37
29 中臣人足 38
30 大伴王 39
31 道首名 39
32 境部王 40
33 山田三方 41
34 息長臣足 43
35 吉智首 44
36 黄文備 44
37 越智広江 45
38 春日老 45
39 背奈行文 46
40 調古麻呂 46
41 刀利宣令 47
42 下毛野虫麻呂 48
43 田中浄足 50
44 長屋王 50
45 安倍広庭 51
46 紀男人 52
47 百済和麻呂 54
48 守部大隅 55
49 吉田宜 56
50 箭集虫麻呂 57
51 大津首 58
52 藤原総前 59
53 藤原宇合 60
54 藤原万里 64
55 丹墀広成 67
56 高向諸足 69
57 釈道慈 69
58 麻田陽春 71
59 塩屋古麻呂 72
60 伊与古麻呂 73
61 民黒人 73
62 釈道融 74
63 石上乙麻呂 76
64 葛井広成 79
65 亡名氏 79

懐風藻漢字索引〔索引篇〕

懐風藻漢字索引〔本文篇〕

凡　例

1．本書は、天平勝宝三（七五一）年に成立した日本最初の漢詩集である『懐風藻』の漢字一字索引である。

2．本書の底本は、群書類従第百二十二（続群書類従完成会）の版本『懐風藻』（底①）に基づいた。また、群書類従第百二十二の活字本『懐風藻』（底②）の書き入れを参照して、底本間の校異・校訂を行った。底本①に類似する写本として川越図書館本があり参照した。

3．『懐風藻』の活字本は群書類従第百二十二の上掲底②の他に、與謝野寛ほか編の日本古典全集本『懐風藻』（昭和五十七年、現代思潮社復刻版、初版大正十五年日本古典全集刊行会）、校註日本文学大系第廿四巻『懐風藻』（昭和二年初版、国民図書株式会社）があり適宜参照した。

4．底本①が示す傍書の書き入れ（屋代弘賢蔵本校合）は、【校異】で漢字本文の右下に示し、底本②が示す校異及び書き入れ（伴直方校本）は、【校異】で当該漢字本文の下に〔　〕で示した。

5．底本に対する基本的校異は、以下の版本を用いた。略号は以下の通り。

　天和＝天和四年版本
　宝永＝宝永二年版本
　寛政A＝寛政五年版本（特に指示が無い場合は、寛政Aである）
　寛政B＝寛政五年版本（題に『懐風詩集』とある）

6．天和・宝永・寛政版本は同一の版木から始まると思われるが、底①は異なる。また、天和本には頭注が無く、宝永・寛政版本には頭注が載る。

7．大野保『懐風藻の研究　本文批判と註釈研究』（三省堂）に諸写本間の詳しい校異がある。校異は基本的に上記の版本によるが、それでも不確かな場合は大野研究を参照した。

8．底本および諸本間の校異を検討して本書のための校訂本文を作成した。その場合の本文用字は、必ず諸本に認められるものを原則とし誤字説は採用しない。

9. 版本に欠字や空字が見られる場合は「▒」で表した。

10. 底本には旧字・新字・簡体字が混用されている。それらの用字は底本①を尊重する。

11. 作品番号の洋数字は、底本に排列された作品を元に、新たに付した通し番号である。

12. 本藻の詩数は諸本に異なりを見せる。序文にはおよそ「一百二十篇」とある。この中から大津皇子に和した後人聯句を除き、諸本に欠落する釈道融の「山中」を加えて百十七首である。巻末に載る亡名氏の「五言歎老」は底本により加えて百十八首とし、作者は六十五人となる。ただし、序文に作者は六十四人とあり、この場合、亡名氏とその詩は除かれる。

13. 以下の数字は索引用に付した作者番号である。「序」は序文のことである。

序

1 大友皇子	2 河嶋皇子	3 大津皇子	4 釈智蔵	5 葛野王	6 中臣大嶋
7 紀麻呂	8 文武天皇	9 大神高市麻呂	10 巨勢多益須	11 犬上王	12 紀古麻呂
13 美努浄麻呂	14 紀末茂	15 釈弁正	16 調老人	17 藤原史	18 荊助仁
19 刀利康嗣	20 伊与部馬養	21 大石王	22 田辺百枝	23 大神安麻呂	24 石川石足
25 山前王	26 采女比良夫	27 安倍首名	28 大伴旅人	29 中臣人足	30 大伴王
31 道首名	32 境部王	33 山田三方	34 息長臣足	35 吉智首	36 黄文備
37 越智広江	38 春日老	39 背奈行文	40 調古麻呂	41 刀利宣令	42 下毛野虫麻呂
43 田中浄足	44 長屋王	45 安倍広庭	46 紀男人	47 百済和麻呂	48 守部大隅
49 吉田宜	50 箭集虫麻呂	51 大津首	52 藤原総前	53 藤原宇合	54 藤原万里
55 丹墀広成	56 高向諸足	57 釈道慈	58 麻田陽春	59 塩屋古麻呂	60 伊与古麻呂
61 民黒人	62 釈道融	63 石上乙麻呂	64 葛井広成	65 亡名氏	

14. 当該の本文篇は以下のように作成してある。

○[序]15＝[序]は懐風藻序文を、続く15はその15行目を指す。

○[1]10＝[1]は上記の作者番号。続く10は本文の10行目を指す。

懐風藻序

序

1 逖聴前修。遐觀載籍。襲山降蹕之世。橿原建邦之時。①天造草創。人文未作。
2 至於神后征坎品帝乘乾。百濟入朝啓龍編於馬厩。高麗上表圖烏冊於鳥文。
3 王仁始導蒙於②軽嶋。辰尓終敷教於譯田。遂使俗漸洙泗之風。人趨齊魯之學。
4 ③逮乎聖徳太子。設爵分官。肇制礼義。然而専崇釈教。未遑篇章。
5 及至淡海先帝之受命也。恢開帝業。弘闡皇猷。道格乾坤。功光宇宙。
6 既而以為。調風化俗。莫尚於文。潤徳光身。孰先於學。爰則建庠序。徴茂才。
7 定五礼。興百度。憲章法則。④規摹弘遠。夐古以来。未之有也。於是三階平煥。
8 四海殷昌。旒纊無為。⑤巖廊多暇。旋招⑥文學之士。時開置醴之遊。當此之際。
9 ⑦宸翰垂文。賢臣献頌。雕章麗筆。非唯百篇。但時経乱離。悉從煨烬。
10 言念湮滅。⑧輙悼傷懐。自茲以降。詞人間出。⑨龍潜王子翔雲鶴於風筆。

11 ⑩鳳翥天皇泛月舟於霧渚。⑪神納言之悲白鬢。藤太政之詠玄造。⑫騰茂実於前朝。
12 飛英声於後代。余以⑬薄官餘閑。遊心文囿。閲古人之遺跡。想風月之舊遊。
13 雖音塵渺焉。而餘翰斯在。撫芳題而遥憶。不覚涙之泫然。攀縟藻而遐尋。
14 惜風声之空墜。遂乃収魯壁之⑭餘蠹。綜秦灰之逸文。遠自淡海。云暨平都。
15 凡一百二十篇。勒成一巻。作者六十四人。具題姓名。并顕爵里冠于篇首。
16 余撰此文意者。為將不忘先哲遺風。故以懐風名之。云尒。于時天平勝寳三年。
17 歳在辛卯。冬十一月也。

【校異】 ①天造艸創（天和・宝永・寛政）。②軽島（天和・宝永・寛政）。③逮乎なし（天和・宝永・寛政）。④規模弘遠（寛政）。⑤巌郎多暇（底①）。巌廊多暇（天和・宝永・寛政）。⑥文字之士（天和）。⑦宸翰□（天和・宝永・寛政）。⑧□悼傷懐（天和）。⑨龍潜王子大津（底①）。⑩鳳翥□天皇（天和・宝永・寛政）。⑪神納言高市麿（底①）。⑫謄茂（大野＝来）。⑬薄官餘閒（天和・宝永・寛政）。⑭餘壺〔蠹〕（底②）。餘蠹（天和・宝永・寛政）。

1 大友皇子

1 淡海朝大友皇子二首

2 皇太子者。淡海帝之長子也。魁岸奇偉。風範弘深。眼中精耀。顧盻煒燁。
3 唐使劉德高見而異曰。此皇子風骨不似世間人。實非此國之分。嘗夜夢。
4 天中洞啓。朱衣老翁捧日而至。擎授皇子。忽有人。從腋底出來。便奪將去。
5 覺而驚異。具語藤原内大臣。歎曰。恐聖朝万歳之後。有巨猾間釁。
6 然臣平生曰。豈有如此事乎。臣聞。天道無親。①惟然是輔。願大王②勤修德。
7 灾異不足憂也。臣有息女。願納後庭。③以宛箕帚之妾。遂結姻戚。以親愛之。
8 年甫弱冠。拜④太政大臣。揔百揆以試之。皇子博學多通。有文武材幹。
9 始親万機。群下畏⑤服。莫不肅然。⑥年廾三。立為皇太子。廣延學士。沙宅紹明。
10 塔本春初。吉太尚。許率母。⑦木素貴子等。以為賓客。太子天性明悟。
11 雅愛博古。下筆成章。出言為論。時議者歎其洪學。未幾文藻日新。
12 會壬申年之乱。天命不遂。時年廾⑧五。

【校異】 ○懐風藻（底②・天和・宝永・寛政）。底本①なし。①惟善是輔（天和・宝永・寛政）。②勤修懐（天和）。③以宛〔充〕箕帚之妾（底②）。以克箕帚之妾（天和・宝永・寛政）。④大政大臣（寛政）。⑤群下畏服（底①）。群下畏（天和・宝永・寛政）。

⑥年二十三（天和・宝永・寛政）。⑦木大イ素貴子（底①）。木素貴子（天和・宝永・寛政）。⑧二十五（天和・寛政）。

五言。侍宴。一絶。（詩番1）

皇明光日月。帝德載天地。三才並泰昌。万國表臣義。

五言。述懐。一絶。（詩番2）

道德承天訓。鹽梅寄真宰。羞無監撫術。安能臨四海。

2 河嶋皇子

①河嶋皇子一首。

皇子者。淡海帝之第二子也。志懐温裕。局量弘雅。始與大津皇子。為莫逆之契。及津謀逆。②嶋則告変。朝廷嘉其忠正。朋友薄其才情。議者未詳厚薄。然余以為。忘私好而奉公者。忠臣之雅事。背君親而厚交者。悖德之流耳。但未尽爭友之益。而陥其塗炭者。

6 余亦疑之。位終于浄大参。③時年卅五。

【校異】①河島皇子（天和・宝永・寛政）。②島則告変（天和・宝永・寛政）。③時年三十五（天和・宝永・寛政）。

7 五言。山齋。一絶。（詩番3）

8 塵外年光滿。林間物候明。風月澄遊席。松桂期交情。

3 大津皇子

1 大津皇子四首

2 皇子者。淨御原帝之長子也。狀貌魁梧。器宇峻遠。幼年好學。

3 博覧而能属文。及壯愛武。多力而能撃劔。性頗放蕩。不拘法度。

4 降節礼士。由是人多付託。時有新羅僧行心。解天文卜筮。詔皇子曰。

5 太子骨法不是人臣之相。以此久下位。恐不全身。因進逆謀。

6 迷此詿誤。遂圖不軌。嗚呼惜哉。①蘊彼良才。不以忠孝保身。近此姧豎。

7 卒以戮辱自終。古人慎交遊之意。固②以深哉。時③年卄四。

【校異】①縕彼良才（底①）。蘊彼良才（天和・宝永・寛政）。②因以深哉（天和・宝永・寛政）。③時年二十四（天和・宝永・寛政）。

8 五言。春苑宴①。一②首。（詩番4）

9 開衿臨霊沼。遊目歩金苑。澄③徹苔水深。晻曖霞峯遠。

10 驚波共絃響。哢鳥与風聞。羣公倒載歸。彭澤宴誰論。

【校異】①言宴（天和・宝永・寛政）。②一首なし（天和・寛政）。③澄徹清苔水深（底①）。澄清苔水深（天和・宝永・寛政）。

11 五言。遊猟。一首。（詩番5）

12 朝擇三能士。暮開万騎筵。喫臠①倶豁笑。傾盞共陶然。

13 月弓暉②谷裏。雲③旌張嶺前。曦光已隠山。壮士且留連。

【校異】①倶豁笑〔矣〕（底②）。倶豁矣（天和・宝永・寛政）。②暉〔輝〕谷裏（底②）。輝谷裏（天和・宝永・寛政）。③雲旌旗イ張嶺前（底①）。

14 七言。述志。（詩番6－1）

15 天紙風筆畫雲鶴。山機霜杼織葉錦。

16 後人聯句。（詩番6－2）

17 赤雀含書時不至。潜龍勿用[①]末安寢。

【校異】①末安寑（底①）。末安寢（底②・天和・宝永・寛政）。

18 五言。臨終。一絶。（詩番7）

19 金烏臨西舎。[①]皷声催短命。泉路無賓主。[②]此夕誰家向。

【校異】①鼓聲催短命（天和・宝永・寛政）。②此夕誰〔離〕家向（底②）。此夕離家向（天和・宝永・寛政）。

4 釈智藏

釈智藏二首

智藏師者。俗姓禾田氏。淡海帝世。遣斈唐國。時呉越之間有高斈尼。法師就尼受業。六七年中学業穎秀。同伴僧等頗有忌害之心。法師察之。計全軀之方。遂被髪陽狂奔蕩道路。察[1]写三藏要義。盛以木筒。着漆秘封。負[2]擔遊行。同伴軽蔑。以為鬼狂。遂不為害。太后[3]天皇世。師向本朝。同伴登陸。曝涼経書。法師開襟對風曰。我亦曝涼経典之奥義。衆皆嗤笑以為妖言。臨於試業昇座敷演。辞義峻遠。音詞雅麗。論雖蜂起。應對如流。皆屈服莫不驚駭。帝嘉之拝僧正。時[4]年七十三。

【校異】①察〔密〕写二藏要義（底②）。密写三藏要義（天和・宝永・寛政）。②肩擔（底①）。負擔（底②・天和・宝永・寛政）。③太后〔持統〕天皇世（底①）。太后天皇世（天和・宝永・寛政）。④時歳七十三（寛政）。

五言。翫花鸎[1]。一首。（詩番8）

桑[2]門寡言晤。策杖事迎逢。以此芳春節。忽値竹林風。

11 求友③鸎嫣樹。含香花笑叢。雖喜遨遊志。還媿乏④雕虫。

【校異】①花鸎〔鶯〕（底②）。花鶯（天和・宝永・寛政）。②桑門梟言晤（底①）。桑門梟〔寡〕言晤（底②・天和・宝永・寛政）。③鶯嫣樹（天和・宝永・寛政）。④彫虫蟲イ（底①）。乏彫虫（天和・宝永・寛政）。

12 五言。秋日言志。一首。（詩番9）

13 欲知得性所。來尋仁智情。氣爽山川麗。風高物候芳。

14 ①鷰巣辞夏色。鴈渚聴秋声。因茲竹林友。栄辱莫相驚。

【校異】①鷰〔燕〕巣辞夏色（底②）。燕巣辞夏色（天和・宝永・寛政）。

5　葛野王

1 葛野王二首。

2 王子者。淡海帝之孫。大友太子之長子也。母浄御原帝之長女。

3 十市内親王。器範宏邈。風鑒秀遠。材称棟幹。地兼帝戚。少而好學。

博渉経史。頗愛属文。兼能書畫。①浄御原帝嫡孫。授②浄大肆。拜治部卿。高市皇子薨後。皇太后引王公卿士於禁中。謀立日嗣。時群臣各挟私好。衆議紛紜。王子進奏曰。我国家為法也。③神代以来。子孫相承以襲天位。若兄弟相及則乱従此興。仰論天心。誰能敢測。然以人事推之。聖嗣自然定矣。此外誰敢間然乎。弓削皇子④在坐欲有言。王子叱之乃止。皇太后嘉其一言定國。特閲授正四位。拜式部卿。⑤時年卅七。

【校異】①浄原帝嫡孫（天和・宝永・寛政）。②浄太肆（天和・宝永・寛政）。③神代以来子孫相承以襲天位。若兄弟相及則乱従此興。仰論天心。誰能敢測。然以人事推之聖嗣自然定矣（底①②・大野＝尾脇陽来林）。神代以此典仰論天心誰能敢測然以人事推之従来子孫相承以襲天位若兄弟相及則乱聖嗣自然定矣（天和・宝永・寛政）。④在座（底②・天和・宝永・寛政）。⑤時歳三十七（天和・宝永・寛政）。

五言。春日翫①鶯梅。一首。（詩番10）
聊乘休暇景。入苑望青陽。素梅開素靨。嬌鶯弄嬌声。
對此開懐抱。②優是暢愁情。不知老將至。但事酌春觴。

【校異】①鴬梅（天和・宝永・寛政）。②優是〔足〕暢愁情（底②）。優足暢愁情（天和・宝永・寛政）。

13　五言。遊龍門山。一首。（詩番11）

14　命駕遊山水。長忘冠冕情。安得王喬道。控鶴入①蓬瀛。

【校異】①入蓬瀛（底①）。入蓬瀛（底②・天和・宝永・寛政）。

6　中臣朝臣大嶋

1　大納言直大二中①臣朝臣大嶋二首。〈自茲以降諸人未得伝記〉

2　五言。詠孤松。一首。（詩番12）

3　隴上孤松翠。凌雲心本明。餘根堅厚地。貞質指高天。

4　弱②枝異萬草。茂葉同桂③榮。孫楚高貞節。隠④居悦登輕。

【校異】①中臣朝臣大島（天和・宝永・寛政）。②弱枝異〔高〕万草（底②）。弱枝異高艸（天和・宝永・寛政）。③柱栄（底①②・天和・宝永・寛政）。大野研究に脇坂本「桂」の右傍に「本ノマヽ」と注するとする。この「桂栄」を取る。④隠居悦脱登笠軽（底

①）。隠居脱笠軽（天和・宝永・寛政）。

5 五言。山齋。一首。（詩番13）

6 宴飲遊山齋。遨遊臨野池。雲岸寒猨嘯。霧①浦挹聲悲。

7 葉落山逾静。風涼琴益微。各得朝野趣。莫論攀桂期。

【校異】①霧浦池イ挹（底①）。〔柂或櫓〕声悲（底②）。霧浦柂声悲（天和・宝永・寛政）。

7 紀朝臣麻呂

1 正三位大納言紀朝臣麻呂一首。〈年①卅五〉

2 五言。春日應詔。一首。（詩番14）

3 惠氣四望浮。重光一園春。式宴依仁智。優遊催詩人。

4 崑山珠玉盛。瑶水花藻陳。階梅闘素蝶。塘柳掃芳塵。

5 天德十尭舜。皇恩霑萬民。

【校異】①年四十七（天和・宝永・寛政）。

8 文武天皇

1 文武天皇三首。〈年①卄五〉
2 五言。詠月。一首。（詩番15）
3 月舟移霧渚。楓檝泛霞濵。臺上澄流耀。酒中沈去輪。
4 水下斜陰砕。樹②除烁光新。独以星間鏡。還浮雲漢津。

【校異】①年二十五（天和・宝永・寛政）。②樹除〔落〕秋光新（底②）。樹□秋光新（天和）。樹落秋光新（宝永・寛政）。

5 五言。述懐。一首。（詩番16）
6 年雖足載冕。智不敢垂裳。朕常夙夜念。何以拙心匡。
7 猶不師往古。何救元首望。然毋三絶務。且欲臨短章。

8 五言。詠雪。一首。（詩番17）
9 雲羅嚢珠起。雪花含彩新。林中若柳絮。梁上似歌塵。
10 代火①暉霄篆。逐風廻洛濵。園裏看花李。冬條尚帯春。

【校異】①暉〔輝〕霄篆（底②）。輝霄篆（天和・宝永）。輝霄象（寛政）。

9 大神朝臣高市麻呂

1 従三位中納言大神朝臣高市麻呂一首。〈年五十〉
2 五言。従駕応詔。①一首。（詩番18）
3 臥病②已白鬢。意謂入黄塵。③不期遂恩詔。従駕上林春。
4 松巌鳴泉落。竹浦笑花新。臣是先進輩。濫陪後者賔。

【校異】①一首なし（天和・宝永・寛政）。②已白鬓〔髪〕（底②）。已白髪（天和・宝永・寛政）。③不期逐（底①・天和・宝永・寛政）。不期遂〔逐〕（底②）。

10 巨勢朝臣多益須

1 大宰大弐従四位上巨勢朝臣多益須①二首。〈年②卅八〉

2 五言。春日應詔。③二首。（詩番19）

3 玉管吐陽氣。春色④啓禁園。望山智趣廣。臨水⑤仁狎敦。

4 松風催雅曲。鶯哢添談論。⑥今日良酔徳。⑦誰言湛露恩。

【校異】①二首なし（天和・宝永・寛政）。②四十八（天和・宝永・寛政）。③二首なし（天和・宝永・寛政）。④啓禁圍（底①②）。啓禁園（天和・宝永・寛政）。⑤仁懐敦（寛政）。⑥令今イ日良酔徳（底①）。今日良酔徳（天和・宝永・寛政）。⑦難誰イ言湛露恩（底①）。誰言湛露恩（天和・宝永・寛政）。

〔五言。春日應詔。〕（詩番20）

5 姑射遁太賔。崆巖索神仙。①豈若聴覧隙。仁智寓山川。

6 神衿弄春色。清蹕歴林泉。登望繍翼径。降臨錦鱗淵。

7 絲竹時盤桓。文酒乍留連。薫風入琴臺。蓂日照歌筵。

岫室開明鏡。松殿浮翠烟。幸陪②瀛洲趣。誰論上林春。

【校異】 ①聴覧隙（底①）。聴覧□（天和）。聴覧隟（宝永・寛政）。②贏洲趣（底①）。瀛洲趣（底②・天和・宝永・寛政）。瀛洌趣（川越図書館本）。

11 犬上王

正四位下治部卿犬上王一首。

五言。遊覧山水。①一首。（詩番21）

蹔以三餘暇。遊息瑶池濵。吹臺哢鶯始。桂庭舞蝶新。

沐鳬双廻岸。窺鷺独銜鱗。雲罍酌烟霞。②花藻誦英俊。

留連仁智間。縦賞如談倫。雖盡林池樂。未翫此芳春。

【校異】 ①一首なし（天和・宝永・寛政）。②花藻誦英□（天和）。

12 紀朝臣古麻呂

1 正五位上紀朝臣古麻呂二首。〈年五十九〉
2 七言。望雪。一首。（詩番22）
3 無為聖徳重寸陰。有道神功軽球琳。垂拱端坐惜歳暮。披軒褰簾望遙岑。
4 浮雲靉靆縈巌岫。驚飈蕭瑟響庭林。落雪霏々一嶺白。斜日黯々半山金。
5 柳絮未飛蝶先舞。梅芳猶遅花早臨。[1]夢裡鈎天尚易涌。松下清風信難斟。

【校異】 ①夢裏鈎天（天和・宝永・寛政）。

6 [1]五言。秋宴。得声清驚情四字。一首。（詩番23）
7 明離照昊天。[2]重震啓秋声。氣爽烟霧発。時泰風雲清。
8 [3]玄燕翔已皈。寒蟬嘯且驚。忽逢文雅席。還愧七歩情。

【校異】 ①五言。秋宴 目録（底①）。五言。秋宴（天和・宝永・寛政）。②重農啓秋声（天和）。③玄燕翔已帰（天和・宝永・寛政）。

13 美努連浄麻呂

1 大學博士從五位下美努連浄麻呂一首。
2 五言。春日応詔。一①首。（詩番24）
3 玉燭凝紫宮。淑氣潤芳春。曲浦戯嬌鴬。瑶②池躍潜鱗。
4 階前桃花映。塘上柳條新。軽③烟松心入。囀鳥葉裡陳。
5 絲竹遏廣樂。率④舞洽往塵。此時誰不樂。普天蒙厚仁。

【校異】①一首なし（天和・宝永・寛政）。②瑶池躍潜鮮〔鱗〕（底①②）。瑶池躍潜鱗（天和・宝永・寛政）。③軽煙松心入（天和・宝永・寛政）。④率〔卒〕舞（底②）。卒舞（天和・宝永）。率舞（寛政）。

14 紀末茂

1 判事紀末茂一首。〈年①卅一〉
2 五言。臨水観魚。一②首。（詩番25）
3 結宇南林側。垂釣北池濤。人来戯鳥没。舩③渡緑萍沈。
4 苔揺識魚④有。緡盡覺潭深。空嗟芳餌下。独見有貪心。

【校異】①年卅一ニィ（底①）。年三十一（底②・天和・宝永・寛政）。②一首なし（天和・宝永・寛政）。③船渡（天和・宝永・寛政）。④魚在（天和・宝永・寛政）。

15 釈弁正

1 釈弁正二首。
2 弁正法師者。俗姓秦氏。性滑稽。善談論。少年出家。頗洪玄学。①大寶年中。
3 遣學唐国。時遇②李隆基龍潜之日。③以善囲碁屢見賞遇。有子朝慶朝元。
4 法師及慶在唐死。元皈本朝。仕至大夫。天平年中。拜入唐判官。
5 到大唐見天子。天子④以其父故特優詔。厚賞賜。還至本朝。尋卒。

【校異】①太宝年中（天和・宝永・寛政）。②李隆基〔元〕（底②）。③以善囲棊（天和・宝永・寛政）。④以其文故（天和・宝永・寛政）。

6 五言。與朝主人。（詩番26）

7 鐘鼓沸城闉。戎蕃予國親。神明今漢主。柔遠静胡塵。

8 琴歌馬上怨。楊柳曲中春。唯有①関山月。偏迎北塞人。

【校異】 ①開山月（底①）。関山月（底②・天和・宝永・寛政）。

9 五言。在唐憶本郷。一絶。（詩番27）

10 日邊瞻日本。①雲裡望雲端。遠遊勞遠國。長恨苦長安。

【校異】 ①雲裏望雲端（天和・宝永・寛政）。

16 調忌寸老人

1 正五位下大學頭調忌寸老人一首。

2 五言。三月三日應詔。①一首。（詩番28）

3 玄覧動春節。宸駕出離宮。勝境既寂絶。雅趣亦無窮。

4 折花梅苑側。酌醴碧瀾中。神仙非存意。廣濟是攸同。

5 鼓[②]腹太平日。共詠太平風。

【校異】①一首なし（天和・宝永・寛政）。②鼓胈（底①）。鼓腹（底②・天和・宝永・寛政）。

17 藤原朝臣史

1 贈正一位太政太臣藤原朝臣史五首。〈年六十三〉

2 五言。元日應詔。一首。（詩番29）

3 正朝観万国。元日臨兆民。有政敷玄造。撫機御紫宸。

4 年[①]花已非故。淑氣亦惟新。鮮雲秀五彩。麗景耀三春。

5 済々周行士。穆々我朝人。感徳遊天澤。飲和惟聖塵。

【校異】①年華（天和・宝永・寛政）。

6 五言。春日侍宴應詔。一首。（詩番30）

7 淑気光天下。薫風扇海濵。春日歓春鳥。蘭[①]生折蘭人。

8 塩梅道尚故。文酒事猶新。隠逸厺幽藪。没賢陪紫宸。

【校異】①蘭生折蘭〔座敷〕人（底②）。

9 五言。遊吉野。二首。（詩番31）

10 飛文山水地。命爵薜蘿中。漆姫控鶴擧。①柘媛接莫通。

11 煙光巖上翠。日影②浪前紅。翻知玄圃近。對翫入松風。

【校異】①坧〔洛・柘〕媛（底①②）。□媛（天和）。拓媛（宝永・寛政）。②涽前紅（天和・宝永・寛政）。

〔五言。遊吉野。〕（詩番32）

12 夏身夏色古。①烌津秋氣新。②昔者同汾后。今之見吉賔。

13 霊仙駕鶴去。星客乗査逡。③渚性臨流水。素心開静仁。

【校異】①秋津（天和・宝永・寛政）。②昔者同汾《皇紛》后（底①）。昔者同□后（天和）。③渚性拉《臨イ》流水（底①）。渚性□流水（天和）。渚性拞流水（宝永・寛政）。

14 五言。七夕。一首。（詩番33）
15 雲衣兩觀夕。月鏡一逢秋。機下非曽故。援息是威猷。
16 鳳蓋隨風轉。鵲影逐波浮。面前開短樂。別後悲長愁。

18 荊助仁

1 正①五位下左②大史荊助仁一首。〈年③卅七〉
2 五言。詠美人。一④首。（詩番34）
3 巫山行雨下。洛浦廻雪霏。月泛眉間魄。雲開髻上暉。
4 腰逐楚王細。體隨漢帝飛。誰知交甫珮。留客令忘帰。

【校異】①正五〔六〕位下（底②）。正六位上（天和・宝永・寛政）。②左史（天和・宝永・寛政）。③年三十七（天和・宝永・寛政）。④一首なし（天和・宝永・寛政）。

19 刀利康嗣

1 大學博士從①五位下刀利康嗣一首。〈年八十一〉

2 五言。侍宴。一②首。（詩番35）

3 嘉辰光華節。淑③氣風自春。金堤拂弱柳。玉沼泛軽鱗。

4 爰降豊宮宴。廣垂栢梁仁。八音寥亮奏。百味馨香陳。

5 日落松④影開。風和花⑤氣新。俯仰一人德。唯壽万歳真。

【校異】①従五下（底①②）。従五位下（天和・宝永・寛政）。②一首なし（天和・宝永・寛政）。③淑気風自〔日〕春（底②）。淑景風日春（天和・宝永・寛政）。④松影闇（天和・宝永・寛政）。⑤風気新（天和・宝永・寛政）。

20 伊与部馬養

1 皇太子學士從五位下伊①与部馬養一首。〈年②卌五〉

2 五言。從駕應詔。一③首。（詩番36）

3 帝尭叶仁智。仙蹕玩山川。疊嶺杳④不極。驚波断復連。

4 雨晴雲巻羅。霧尽峯舒蓮。舞庭落夏槿。歌林驚秋蟬。

5 仙槎泛栄光。⑤風笙帯祥烟。豈獨瑶池上。方唱⑥白雲天。

【校異】①伊與部馬養（天和・宝永・寛政）。②年四十五（天和・宝永・寛政）。③一首なし（天和・宝永・寛政）。④杏不極（大野＝陽）。⑤鳳笙（天和・宝永・寛政）。⑥白雲篇（天和・宝永・寛政）。

21 大石王

1 從四位下播磨守大石王一首。〈年五十七〉

2 五言。侍宴應詔。一首。（詩番37）

3 淑氣浮高閣。梅花灼景春。叡睠留金堤。神澤施羣臣。

4 琴瑟設仙蓹。文酒啓水濵。叨奉無限壽。倶頌皇恩均。

22 田辺史百枝

1 大學博士田辺史百枝一首。

2 五言。春苑應詔。①一首。（詩番38）

3 聖情敦汎愛。神功亦②難垠。唐鳳翔臺下。周魚躍水濵。
4 松風韻添詠。梅花薫帶身。琴酒開芳苑。丹墨点英人。
5 適遇上林會。忝壽万年春。

【校異】①一首なし（天和・宝永・寛政）。②難陳（天和・宝永・寛政）。

23 大神朝臣安麻呂

1 従四位下兵部卿大神朝臣安麻呂一首。〈年五十二〉
2 五言。山齋言志。①一首。（詩番39）
3 欲知②閑居趣。來尋山水幽。浮沈烟雲外。攀翫③野花秌。
4 稲葉負霜落。蟬声逐吹流。④祇為仁智賞。何論朝市遊。

【校異】①一首なし（天和・宝永・寛政）。②閒居（寛政）。③野花秋（天和・宝永・寛政）。④祇為（天和・宝永・寛政）。

24 石川朝臣石足

1 従三位左大弁石川朝臣石足一首。〈年六十三〉

2 五言。春苑應詔。一①首。（詩番40）

3 聖衿愛良節。仁趣動芳春。素庭滿英才。紫②閣引雅文。

4 水清瑶池深。花開禁苑新。戲鳥随波散。仙舟逐石廻。

5 舞袖留翔鶴。歌声落梁塵。今③日足忘德。勿④忘唐帝民。

【校異】①一首なし（天和・宝永・寛政）。②以下底本①に混乱あり。「紫閣引〔雅文。水清瑶池深。花開禁苑新。戲鳥随波散。仙〕舟逐石廻」（底②）。「鴛閣引雅文水清瑶池深花開禁苑新戲鳥随波散仁舟逐石巡」（天和・宝永）。「紫閣引雅文。水清瑶池深。花開禁苑新。戲鳥随波散。仙舟逐石廻」（寛政）。本文を天和・宝永・寛政により正す。③今日足忘〔言〕徳（底②）。④勿言唐帝民（天和・宝永・寛政）。

25 山前王

1 従四位下刑部卿山前王一首。

2 五言。侍宴。一①首。（詩番41）

3 至徳洽乾坤。清化朗嘉辰。四海既無為。九域正清淳。

4 元首壽千歳。股肱頌三春。優々沐恩者。誰不仰芳塵。

【校異】①一首なし（天和・宝永・寛政）。

26 采女朝臣比良夫

1 正五位上近江守采女朝臣比良夫一首。〈年五十〉

2 五言。春日侍宴應詔。一①首。（詩番42）

3 論道与唐儕。語徳共虞隣。冠周埋尸愛。賀②殷解網仁。

4 淑景蒼天麗。嘉氣碧空陳。葉緑園柳月。花紅山櫻春。

5 雲間頌皇澤。日下沐芳塵。宜献南山壽。千秋衛北辰。

【校異】①一首なし（天和・宝永・寛政）。②解納仁（底①）。賀〔駕〕殷解網仁（底②）。駕殷解網仁（天和・宝永・寛政）。

27 安倍朝臣首名

1 正四位下兵部卿安倍朝臣首名一首。〈年六十四〉
2 五言。春日應詔。①一首。（詩番43）
3 世頌隆平德。時謡②交泰春。舞衣揺樹影。歌扇動梁塵。
4 湛露重仁智。流霞輕松筠。凝麾賞無倦。花將月共新。

【校異】①一首なし（天和・宝永・寛政）。②交恭春（天和・宝永）。

28 大伴宿祢旅人

1 従二位大納言大伴宿祢旅人一首。〈年六十七〉
2 五言。初春侍宴。①一首。（詩番44）
3 寛政情既遠。②迪古道惟新。穆々四門客。濟々三德人。
4 梅雪乱殘岸。烟霞接早春。共遊聖主澤。同賀擊壤仁。

【校異】①一首なし（天和・宝永・寛政）。②廸古道惟新（天和・宝永・寛政）。

29 中臣朝臣人足

1 従四位下①左中弁兼神祇伯中臣朝臣人足二首。〈年五十〉

2 五言。遊吉野宮。②二首。（詩番45）

3 惟山且惟水。能智亦能仁。③万代無埃坌。④一朝逢拓民。

4 風波轉入曲。魚鳥共成倫。此地即方丈。誰説桃源賔。

【校異】①左中将（天和）。②二首なし（天和・宝永・寛政）。③万代無埃□（天和）。万代無埃所（宝永・寛政）。④一朝逢招異イ民（底①）。一朝逢□民（天和）。一朝逢拓民（宝永）。一朝逢招民（寛政）。

〔五言。遊吉野宮。〕（詩番46）

5 仁山狎鳳閣。智水啓龍楼。花鳥堪沈翫。何人不淹留。

30　**大伴王**

1 大伴王二首。

2 五言。従駕吉野宮応詔。二①首。（詩番47）

3 欲尋張騫跡。幸逐河源風。朝雲指南北。夕霧正西東。

4 嶺峻絲響急。谿曠竹鳴融。將②歌造化趣。握素愧不工。

【校異】 ①二首なし（天和・宝永・寛政）。②将欲（大野＝陽）。

〔五言。従駕吉野宮応詔。〕（詩番48）

5 山幽仁趣遠。川浄智懐深。欲訪神仙迹。追従吉野濤。

31　**道公首名**

1 正五位下肥後守道公首名一首。〈年五十六〉

2 五①言。秋宴。一首。（詩番49）

3 望苑商氣艶。鳳池秌②水清。晩③鷰吟風還。新鴈拂露驚。

4 昔聞濠梁論。今辨遊魚情。芳④筵此俺友。追節結雅声。

【校異】①五言秋宴一首なし（天和・宝永・寛政）。②秋水清（天和・宝永・寛政）。③晩鷰〔燕〕吟風還（底②）。晩燕吟風還（天和・宝永・寛政）。④芳筵此俺〔僚〕友（底②）。芳筵此僚友（天和・宝永・寛政）。

32 境部王

1 従四位上治部卿境部王二首。〈年①廾五〉

2 五言②。宴長王宅。一首。（詩番50）

3 新年寒氣尽。上③月濟光軽。送雪梅花笑。含霞竹葉清。

4 歌是飛塵曲。絃即激流声。欲知今日賞。咸④有不皈情。

【校異】①年二十五（天和・宝永・寛政）。②五言宴長王宅一首なし（天和・宝永・寛政）。③上月済〔淑〕光軽（底②）。上月淑光軽（天和・宝永・寛政）。④咸有不帰情（天和・宝永・寛政）。

5 五言。秋夜山池。一首。（詩番51）
6 對峯傾菊酒。臨水拍桐琴。①忘皈待明月。何憂夜漏深。

【校異】①忘帰待明月（天和・宝永・寛政）。

33 山田史三方

1 大學頭從五位下①山田史三方四首。
2 五言。秋日於長王宅宴新羅客一首。并序。
3 君王以敬愛之②沖衿。廣闢琴③罇之賞。使人承敦厚之榮命。欣戴鳳鸞之儀。
4 於是琳瑯滿目。蘿薜充筵。玉俎雕華。④列星光於烟幕。珍羞錯味。
5 分綺色於霞帷。羽爵騰飛。混賓主於浮蟻。清談振発。忘貴賤於窓雞。
6 歌臺落塵。郢曲与巴音雜響。咲林開靨。⑤珠暉共霞影相依。于時露凝旻序。
7 風轉商郊。寒蟬唱而柳葉飄。⑥霜雁度而蘆花落。小山丹桂。流彩別愁之篇。

8長坂紫蘭。散馥同心之翼。日云暮矣。⑦月將継焉。⑧酔我以五千之文。

9既舞踏於飽徳之地。博我以三百之什。⑨且狂簡於叙志之場。⑩清写西園之遊。

10兼陳南浦之送。含毫振藻。式賛高風。⑪云々。

【校異】①山田史三方三首（天和・宝永・寛政）。②沖衿（底①）。沖衿（天和・宝永・寛政）。③琴罇〔樽〕之賞（底②）。琴樽之賞（天和・宝永・寛政）。④列星光於煙幕（天和・宝永・寛政）。⑤珠輝共霞影相依（天和・宝永・寛政）。⑥霜鴈度而蘆花落（天和・宝永・寛政）。⑦月将〔除〕継焉（底②）。月将除焉（天和・宝永・寛政）。⑧酔我以五十之文（底①）。酔我以五十〔千〕之文（底②）。酔我以五千之文（天和・宝永・寛政）。⑨且狂簡於敍志之場（天和・宝永・寛政）。⑩清写西園遊（底①）。清写西園〔之〕遊（底②）。清写西園之遊（天和・宝永・寛政）。⑪云々〔云爾〕（底②）。云々（底①・天和）。云尓（宝永・寛政）。

11白露懸珠日。黄葉散風朝。對揖三朝使。言盡九秋韶。（詩番52）

12牙水含調激。虞葵落扇飄。①已謝霊臺下。②徒欲報瓊瑶。

【校異】①已謝霊台□（天和）。已謝霊台敏（宝永・寛政）。②徒□□瓊瑶（天和・宝永・寛政）。

13五言。七夕。一首。（詩番53）

14金漢星楡冷。銀河月桂秋。霊姿理雲鬢。仙駕度潢流。

15 窈窕鳴衣玉。玲瓏映彩舟。[①]所悲明日夜。[②]誰慰別離憂。

【校異】①所悲明月夜（大野＝尾）。②誰慰列離憂（大野＝尾）。

16 五言。三月三日曲水宴。一首。（詩番54）

17 錦巖[①]飛瀑激。春岫曄桃開。不憚流水急。唯恨盞遅來。

【校異】①飛曝激（底①）。飛瀑激（天和・宝永・寛政）。

34 息長真人臣足

1 從五位下息長真人臣足一首。〈年[①]卌四〉

2 五言。春日侍宴。（詩番55）

3 物候開韶景。淑氣滿地新。聖衿属暄節。置酒引搢紳。

4 帝德被千古。皇恩洽万民。多幸憶廣宴。還悦湛露仁。

【校異】①年四十四（天和・宝永・寛政）。

35 吉智首

1 従五位下出雲介吉智首一首。〈年六十八〉

2 五言。七夕。一①首。（詩番56）

3 冉々逝不留。時節忽驚秋。菊風披夕霧。桂月照蘭洲。

4 仙車渡鵲橋。神駕越清流。天庭②陳相嘉。華閣釋離愁。

5 河横天欲曙。更歎後期悠。

【校異】①一首なし（天和・宝永・寛政）。②陳相嘉〔喜〕（底②）。陳相喜（天和・宝永・寛政）。

36 黄文連備

1 主税頭従五位下黄文連備一首。〈年五十六〉

2 五言。春日侍宴。一①首。（詩番57）

3 玉殿風光暮。金墀春色深。雕雲遏歌響。流水散鳴琴。

4 燭花粉壁外。星燦翠烟心。欣逢則聖日。束帯仰韶音。

【校異】①一首なし（天和・宝永・寛政）。

37 越智直広江

1 従五位下刑部少輔兼①大學博士越智直廣江一絶。

2 五言。述懐。（詩番58）

3 文藻我所難。②庄老我所好。行年已過半。今更為何勞。

【校異】①大博士（天和・宝永・寛政）。②莊老我所好（天和・宝永・寛政）。

38 春日藏老

1 従五位下常陸介春日藏老一絶。〈年五十二〉

2 五言。述懐。（詩番59）

3 花色花枝染。鶯吟鶯谷新。臨水開良宴。泛爵賞芳春。

39 背奈王行文

1 従五位下大學助背奈王行文二首。〈年六十二〉

2 五言。秋日於長王宅宴新羅客。一首。賦得風字。（詩番60）

3 嘉[①]賔韵小雅。設席嘉大同。鑒流開筆海。攀桂登談叢。

4 盃酒皆有月。歌聲共逐風。何事専對士。幸用李陵弓。

【校異】 ①嘉賔韵少雅（底①）。嘉賓韻小雅（天和・宝永・寛政）。

5 五言。上巳禊飲應詔。（詩番61）

6 皇慈被万国。帝道沾羣生。竹葉禊庭滿。桃花曲浦軽。

7 雲浮天裏麗。樹茂苑中栄。自顧試庸短。何能継叡情。

40 調忌寸古麻呂

1 皇太子學士正六位上調忌寸古麻呂一首。
2 五言。初秋於長王宅宴新羅客。（詩番62）
3 一面金蘭席。三秋風月時。琴樽叶幽賞。文華叙離思。
4 人含大王德。地若小山基。江海波潮静。披霧豈難期。

41 刀利宣令

1 正六位上刀利宣令二首。〈年①五十九〉
2 五言。秋日於長王宅宴新羅客。一首。賦得稀字。（詩番63）
3 玉燭調秋序。金風扇月幃。新知未幾日。送別何依々。
4 山際愁雲断。人前樂緒稀。相顧鳴鹿爵。相送使人帰。

【校異】 ①年五十九〔或七〕（底②）。天和なし。

5 五言。賀五八年。（詩番64）

縦賞青春日。相期白髪年。清生百万聖。①岳土半千賢。
②下宴當時宅。披雲廣樂天。茲時盡清素。何用子雲玄。

【校異】①岳士〔土〕半千賢（底②）。②卜宴当時宅（底①）。卜〔下〕宴当時宅（底②）。下宴当時宅（天和・宝永・寛政）。

42 下毛野朝臣虫麻呂

大學助教従五位下①下毛野朝臣虫麻呂一首。〈②年卅六〉
五言。秋日於長王宅宴新羅客。③一首。〈并序。賦得前字〉

夫秋風已発。④張歩兵所以思皈。秋氣可悲。宋大夫於焉傷志。然則歳光時物。好事者賞而可憐。勝地良遊。相遇者懐而忘返。況乎皇明撫運。時属無為。文軌通而。⑤華夷翕欣戴之心。礼樂備而朝野得歡娯之致。長王以五日休暇。披鳳閣而命芳筵。使人以千里羈遊。⑥俯雁池而沐恩眄。於是雕俎煥而繁陳。羅薦紛而交映。芝蘭四座。去三尺而引君子之風。祖餞百壺。敷一寸而酌賢人之酎。琴書左右。言笑縦横。物我兩忘。自抜宇宙之表。

9 ⑦枯栄双遺。何必竹林之間。此日也溽暑方間。長皐向晩。寒雲千嶺。
10 ⑧涼風四域。白露下而南亭粛。蒼烟生以北林藹。草也樹也。揺落之興緒難窮。
11 觴兮詠兮。登臨之送帰易遠。加以物色相召。⑨煙霞有奔命之場。山水助仁。
12 風月無息肩之地。請染翰操紙。即事形言。飛西傷之華篇。⑩継北梁之芳韵。
13 ⑪人操一字。

【校異】 ①下毛野朝臣蟲麻呂（天和・宝永・寛政）。②年三十六（天和・宝永・寛政）。③一首なし。（天和・宝永・寛政）。④張歩兵所以思帰（天和・宝永・寛政）。⑤華夷翕欣載〔戴〕之心（底②）。華夷■欣戴之心（天和・宝永・寛政）。⑥俯鴈池而沐恩眄（天和・宝永・寛政）。⑦枯栄双遺〔遺歟〕（底②）。⑧涼〔淳〕風四域（底②）。淳風四域（天和・宝永・寛政）。⑨烟霞有奔命之場（天和・宝永・寛政）。⑩此〔北〕梁之芳韵（底②）。⑪人操一字。〔成者先出〕（底②）。

14 ①聖時逢七百。祚運啓一千。況乃梯山客。垂毛亦比肩。（詩番65）
15 寒蟬鳴葉後。②朔雁度雲前。独有飛鸞曲。並入別離絃。

【校異】 ①聖〔出〕時逢七百（底②）。出時逢七百（天和・宝永・寛政）。②朔鴈度雲前（天和・宝永・寛政）。

43 田中朝臣浄足

1 従五位下備前守田中朝臣浄足一首。

2 五言。晩秋於長王宅宴。①一首。（詩番66）

3 苒々秋云暮。飄々葉已涼。西園開曲席。東閣引珪璋。

4 水庭遊鱗戯。巖前菊氣芳。②君侯愛客日。霞色泛鸞觴。

【校異】①一首なし（天和・宝永・寛政）。②君侯愛客日（底①）。君侯〔侯〕愛客日（底②）。君侯愛客日（天和・宝永・寛政）。

44 長屋王

1 左大臣正二位長屋王三首。〈年五十四〉

2 五言。元日宴應詔。（詩番67）

3 ①年光泛仙御。月色照上春。②玄圃梅已故。紫庭桃欲新。

4 柳絲入歌曲。蘭香染舞巾。於焉三元節。共悦望雲仁。

【校異】①年光泛仙御〔籞〕（底②）。②玄圃梅已故〔放〕（底②）。玄圃梅已放（天和・宝永・寛政）。

5 五言。於寳宅宴新羅客。一首。賦得烟字。（詩番68）
6 高旻開遠照。遙嶺靄浮煙。有愛金蘭賞。無疲風月筵。
7 桂山餘景下。菊浦落霞鮮。莫謂滄波隔。①長為壮思篇。

【校異】①長為壮士篇〔筵〕（底②）。長為壮士筵（天和・宝永・寛政）。

8 五言。初春於作寳樓置酒。（詩番69）
9 景麗金谷室。年開積草春。松烟双吐翠。櫻柳分含新。
10 嶺高闇雲路。魚驚乱藻濵。激泉移舞袖。流声韵松筠。

45　安倍朝臣広庭

1 従三位中納言兼権①造長官②安倍朝臣廣庭二首。年七十四

2 五言。春日侍宴。（詩番70）

3 聖衿感淑氣。高會啓芳春。罇③五齊濁盈。樂万國風陳。

4 花舒桃苑香。草秀蘭筵新。堤上飄絲柳。波中浮錦鱗。

5 濫④叨陪恩席。含毫愧才貧。

【校異】①催造長官（天和・宝永・寛政）。②安倍朝王〔朱で「臣」を右傍書〕廣庭（天和）。③罇〔樽〕五斉濁盈（底②）。樽五斉濁盈（天和・宝永・寛政）。④濫吹陪恩席（底①・天和・宝永・寛政）。濫叨〔吹〕陪恩席（底②）。

6 五言。秋日於長王宅宴新羅客。賦得流字。（詩番71）

7 山牖臨幽谷。松林對晩流。宴庭招遠使。離席開文遊。

8 蟬息涼風暮。雁飛明月秋。傾斯浮菊酒。願慰轉蓬憂。

46 紀朝臣男人

1 大宰大貳正四位下紀朝臣男人三首。〈年①五十七〉

2 七言。遊吉野川。（詩番72）

3　万丈崇巖削成秀。②千尋素濤逆折流。

4　欲訪③鐘池越潭跡。留連美稲逢槎洲。　④美稲一作茅渟

【校異】①年五十七なし（天和）。②千尋素濤逆折〔析〕流（底②）。千尋素濤逆析流（天和・宝永・寛政）。③鍾池越潭（天和・宝永・寛政）。④美稲一作茅渟なし（天和・宝永・寛政）。

5　五言。扈従吉野宮。（詩番73）

6　鳳蓋停南岳。①追尋智与仁。②嘯谷將孫語。攀藤共許親。

7　峯巖夏景変。泉石秋光新。此地仙霊宅。何須姑射倫。

【校異】①追尋智寺仁（天和・宝永）。追尋智寺仁の「寺」に「与」を右傍書（寛政）。②嘯谷将猻語（天和・宝永・寛政）。

8　五言。七夕。（詩番74）

9　犢鼻標竿日。①隆腹曬書秌。風亭悦仙會。針閣賞神遊。

10　月斜孫岳嶺。波激子池流。②懽情未充半。天漢暁光浮。

【校異】①隆腹曬書秋（天和・宝永・寛政）。②懽〔歓〕情未充半（底②）。歓情未克半（天和・宝永・寛政）。

47 百濟公和麻呂

1 正六位上但馬守百濟①公和麻呂三首。〈年五十六〉
2 五言。初春於左僕射長王宅讌。（詩番75）
3 帝里浮春色。上林開景華。芳梅含雪散。嫩柳帯風斜。
4 庭燠將滋草。林寒未笑花。鶉衣追野坐。鶴蓋入山家。
5 芳舍塵思寂。拙②場風響譁。琴罇興未已。誰載習池車。

【校異】①百齊（底①②）。百濟（天和・宝永・寛政）。②拙愓風響譁（底①）。拙愓〔場〕風響曄（底②）。拙場風響曄（天和・宝永・寛政）。

6 五言。七夕。（詩番76）
7 仙①期星織室。神駕逐河邊。咲瞼飛花映。愁②心燭處煎。
8 昔惜河難越。今傷漢易旋。誰能玉機上。留怨待明年。

【校異】①仙期呈織室（天和・宝永・寛政）。②愁心烛處煎（底①）。然心燭処煎（天和・宝永・寛政）。

9 五言。秋日於長王宅宴新羅客。賦得時字。（詩番77）
10 勝地山園宅。秋天風月時。置酒開桂賞。倒屣逐蘭期。
11 人是雞林客。①曲即鳳楼詞。青海千里外。白雲一相思。

【校異】①曲即鳳楼〔棲敷〕詞（底②）。

48 守部連大隅

1 ①正五位上大學博士守部連大隅一首。〈年七十三〉
2 五言。侍宴。（詩番78）
3 聖衿愛韶景。山水翫芳春。②椒花帯風散。柏葉含月新。
4 冬花消雪嶺。③寒鏡泮氷津。幸陪濫吹席。還笑撃壌民。

【校異】①正五位上下（寛政）。②椒〔樹〕花帯風散（底②）。樹花帯風散（天和・宝永・寛政）。③寒鏡泮水津（天和）。

49 吉田連宜

1 正五位下圖書頭吉田連宜二首。〈年七十〉

2 五言。秋日於長王宅宴新羅客。賦得秋字。（詩番79）

3 西①使言皈日。南登餞送秋。人随蜀星遠。驂帯断雲浮。

4 一去殊郷國。万里絶風牛。未盡新知趣。還作飛乖愁。

【校異】①西使言帰日（天和・宝永・寛政）。

5 五言。従駕吉野宮。（詩番80）

6 神居深亦静。勝地寂復幽。雲巻①三舟谿。霞開八石洲。

7 葉黄初送夏。桂白早迎秋。今日夢渕々。遺響千年流。

【校異】①三舟谿〔谷〕（底②）。三舟谷（天和・宝永・寛政）。

50　箭集宿禰虫麻呂

1 外從五位下大學頭箭集宿禰虫麻呂二首。

2 五言。侍讌。（詩番81）

3 聖豫開芳序。皇恩施品生。流霞酒處泛。薫吹曲中軽。

4 紫殿連珠絡。丹墀蓂草榮。即此乘槎客。倶欣天上情。

5 五言。春於左僕射長王宅宴。（詩番82）

6 霊臺披廣宴。賓①齊歡琴書。趙発青鸞舞。夏踊赤鱗魚。

7 柳條未吐緑。梅②蘂已芳裾。即是忘帰地。芳③辰賞叵舒。

【校異】 ①宝罤歡琴書（天和・宝永・寛政）。②梅蘂已芳蹉（底①）。梅蘂已芳蹉〔裾〕（底②）。③芳辰賞□舒（天和・宝永）。

51 大津連首

1 従五位下陰陽頭兼皇后宮亮大津連首二首。〈年六十六〉

2 五言。和①藤原太政遊吉野川之作。②仍用前韵。（詩83）

3 地是幽居宅。山惟帝者仁。潺湲浸石浪。雜沓應琴鱗。

4 霊懐對林野。③陶性在風煙。欲知歓宴曲。滿酌自忘塵。

【校異】①藤原大政（天和・宝永・寛政）。②乃用前韻（天和・宝永・寛政）。③陶性在風堙（底①）。陶性在風堙〔煙〕（底②）。陶性在風煙（天和・宝永・寛政）。

5 五言。春日於左僕射長王宅宴。（詩番84）

6 日華臨水動。風景麗春墀。庭梅已含笑。門柳未成眉。

7 ①琴罇宜此處。賓客有相追。飽徳良為酔。傳盞莫遅々。

【校異】①琴樽宜此処（天和・宝永・寛政）。

52　藤原朝臣総前

1 贈正一位左大臣藤原朝臣総前三首。〈年五十七〉

2 五言。七夕。（詩番85）

3 帝里初涼至。神衿翫千秋。瓊筵振雅藻。金閣啓良遊。

4 鳳駕飛雲路。龍車越漢流。欲知神仙會。青鳥入瓊楼。

5 五言。秋日於長王宅宴新羅客。賦得難字。（詩番86）

6 職貢梯航使。従此及三韓。岐路分衿易。①琴罇促膝難。

7 山中猿吟断。葉裏蟬音寒。贈別無言語。愁情幾万端。

【校異】①琴罇〔樽〕促膝難（底②）。琴樽促膝難（天和・宝永・寛政）。

8 五言。侍宴。一首。（詩番87）

9 聖①教越千禩。英声滿九垠。無為息無事。垂拱勿労塵。
10 斜暉照蘭麗。和風扇物新。花樹開一嶺。絲②柳飄三春。
11 錯謬殷湯網。繽紛周池蘋。皷③栧遊南浦。肆④筵樂東濵。

【校異】①聖教越千礼（底①）。聖教越千礼〔禩〕（底②）。聖教越千禩（天和・宝永・寛政）。②糸柳飄三春（底①②・寛政）。糸柳飄三華（天和・宝永）。③鼓栧遊南浦（天和・宝永・寛政）。④肆筵□東浜（天和）。

53 藤原朝臣宇合

1 正三位式部卿藤原①朝臣宇合六首。〈年②卅四〉
2 五言。暮春曲宴南池。并序。（詩番88）
3 夫王畿千里之間。誰③得勝地。帝京三春之内。幾知行樂。則有沈鏡小池。
4 勢無劣於金谷。染翰良友。數不過於竹林。為弟為兄。酔④花酔月。
5 包心中之四海。盡善盡美。對曲裏之長流。是日也人乗芳夜。時属暮春。
6 映浦紅桃。半⑤落輕錦。低岸翠柳。初拂長絲。於是林亭問我之客去來花辺。

7 ⑥池臺慰我之賔⑦左右琴罇。月下芬芳。歴歌處而催扇。風前意氣。歩舞場而開衿。

8 雖歡娯未盡。⑧而能支紀筆。盍各言志。探字成篇⑨云尒。

【校異】①藤原宇合（天和・宝永・寛政）。②年三十四（天和・宝永・寛政）。③誰得勝地〔池〕（底②・天和）。誰得勝池（宝永・寛政）。④□□□□□（天和）。包心中之四時属暮春（宝永・寛政）。⑤半落軽錦（底①②・宝永・寛政）。半落軽旆（天和）。⑥池台慰我之主賓ィ（底①）。池台慰我之賓（天和・宝永・寛政）。⑦左右琴樽（天和・宝永・寛政）。⑧而能事紀筆（天和・宝永・寛政）。⑨云爾（天和・宝永・寛政）。

9 得地乘芳月。臨池送落暉。①琴罇何日断。②醉裏不忘皈。

【校異】①琴樽何日断（天和・宝永・寛政）。②醉裏不忘帰（天和・宝永・寛政）。

10 七言。在常陸贈倭判官留在京。一首。并序。

11 僕与明公忘言歳久。義存伐木。道叶採葵。待君千里之駕。于今三年。

12 懸我一箇之榻。於此九秋。如何授官同日。乍別殊郷。以為判官。

13 公潔等氷壺。明逾水鏡。學隆万巻。智載五車。①留驥足於將展。②預琢玉條。

14 [③]廻鳧舄之擬飛。忝簡金科。何異宣尼返魯删定詩書。叔孫入漢制設礼儀。
15 [④]聞夫天子下詔。[⑤]茲擇三能逸士。[⑥]使各得其所。明公獨自遺闕此擧。
16 理合先進。還是後夫。譬如呉馬痩塩人尚無識。[⑦]楚臣泣玉世獨不悟。
17 然而歳寒後驗松竹之貞。風生廼解芝蘭之馥。非鄭子産幾失然明。
18 非齊桓公何擧寧戚。[⑧]知人之難匪今日耳。遇時之罕自昔然矣。大器之晩。
19 終作寶質。如有我一得之言。庶幾慰君三思之意。今贈一篇之詩。
20 輙示寸心之歎。其詞曰。

【校異】①留驥定於将展（天和）。②預□玉条（天和）。③天和はこの部分空白。④聞夫天子下詔。〔包列置師。咸審才周〕（底②）。「聞夫天子下詔」以下「各得」まで欠字（天和）。〔 〕内の二句竄入か。聞夫天子下詔。包列置師。咸審才周（宝永・寛政）。⑤□□□□（天和）。⑥其所明公（天和）。各得其所明公（宝永・寛政）。⑦楚臣泣玉独不悟（天和・宝永・寛政）。⑧知人難匪今日耳（天和・宝永・寛政）。

21 自我弱冠従王事。風塵歳月不曽休。褰帷独坐邊亭夕。懸榻長悲揺落秋。
22 [①]琴瑟之交遠相阻。芝蘭之契接無由。[②]無由何見李將鄭。[③]有別何逢逵与猷。

23 馳心悵望白雲天。寄語徘徊明月前。日下皇都君抱玉。雲端辺国我調絃。

24 清絃入化經三歳。④美玉韜光幾度年。知己難逢⑤匪今耳。忘言罕遇從來然。

25 為期不怕風霜觸。猶似巖心松栢堅。（詩番89）

【校異】①琴瑟之交〔友〕遠相阻（底②）。②々々何見李時鄭（天和・宝永・寛政）。③有列何逢道与猷（底①）。有列〔別〕何逢道〔逵〕与猷（底②）。有別何逢道与猷（天和）。④美玉韜光幾度年〔歳〕（底②）。⑤匪今年（天和）。

26 七言。秋日於左僕射長王宅宴。（詩番90）

27 帝里烟雲乘季月。王家山水送秋光。霑蘭白露未催臭。泛菊丹霞自有芳。

28 石壁蘿衣猶自短。山扉松蓋埋然長。遨遊已得攀龍鳳。大隠何用覓仙場。

29 五言。悲不遇。（詩番91）

30 賢者悽年暮。明君冀日新。①周占載逸老。殷夢得伊人。

31 搏挙非同翼。相忘不異鱗。南冠勞楚奏。北節倦胡塵。

32 学類東方朔。年餘朱買臣。二毛雖已富。万巻徒然貧。

【校異】①周〔日〕占載逸老（底②）。周日載逸老（天和・宝永・寛政）。

33 五言。遊吉野川。（詩番92）

34 芝蕙蘭蓀澤。松柘桂椿岑。野客初披薜。朝隠蹔投簪。

35 忘筌陸機海。飛繳張衡林。清風入阮嘯。流水韵嵇琴。

36 天高槎路遠。河廻桃源深。山中明月夜。自得幽居心。

37 五言。奉西海道節度使之作。（詩番93）

38 往歳東山役。今年西海行。行人一生裏。幾度倦邊兵。

54 藤原朝臣万里

1 従三位兵部卿兼左①右京大夫藤原②朝臣万里五首。

五言。暮春③於第園池置酒。并序。（詩番94）

僕聖代之狂生耳。直以風月為情。魚鳥為翫。貪名狥利。未適沖襟。④對酒當歌。是諧私願。乗良節之已暮。尋昆弟之芳筵。一曲一盃尽歡情於此地。或吟或詠。縦逸気於高天。千歳之間。嵆康我友。一酔之飲。伯倫吾師。不慮軒冕之榮身。徒知泉石之樂性。於是絃歌迭奏。蘭蕙同欣。宇宙荒茫。烟霞蕩而滿目。園池照灼。⑤桃李咲而成蹊。既而日落庭清。⑥罇傾人酔。陶然不知老之將至也。夫登高能賦。⑦即是丈夫之才。体物縁情。豈非今日之事。⑧宜裁四韵各述所懐。云爾。

城市元無好。林園賞有餘。彈琴仲散地。下筆伯英書。
天霽雲衣落。池明桃錦舒。寄言礼法士。①知我有麁疎。

【校異】①左右京夫（天和・宝永・寛政）。②朝臣万里麻呂五首（底①）。藤原朝臣万里五首　万里一本作麻呂（天和・宝永・寛政）。③於弟園池（宝永）。④対酒当歌毓真会文イ（底①）。對酒當歌（宝永・寛政）。□□□□（天和）。⑤桃李笑而成蹊（天和・宝永・寛政）。⑥樽傾人酔（天和・宝永・寛政）。⑦即是大夫之才（天和・宝永・寛政）。⑧宜裁四韻（天和・宝永・寛政）。

【校異】①知我有麤疎（天和・宝永・寛政）。

12 五言。過神納言墟。（詩番95）

13 一旦辞榮去。千年奉諫餘。松竹含春彩。容暉寂旧墟。

14 清夜琴罇罷。傾門車馬疎。普天皆帝國。①帰去遂焉如。

【校異】①以下の九六番詩との紛れあり、二首目の詩を一首としている。天和本は「□□□□□□奉規終不用帰去遂辞官放昿遁遊嵇竹沈吟珮楚蘭天闇若一啓将得水魚歓」とし、宝永・寛政本は「吾帰遂焉如。君道誰云易。臣義本自難。奉規終不用。皈去遂辞官。放昿遁嵇竹。沈吟珮楚蘭。天闇若一啓。将得水魚歓」とする。なお、底本には「帰去遂焉如」の下に「ㄴ」の印がある。底本は二首と見たのである。

〔五言。過神納言墟。〕（詩番96）

15 君道誰云易。臣義本自難。奉規終不用。皈去遂辞官。

16 ①放曠遁嵇竹。沈吟珮楚蘭。天闇若一啓。將得水魚歓。

【校異】①放昿遁〔遊・佩〕嵇竹（底②）。なお、天和・宝永版については前詩九五を参照。

17　五言。仲秋釋奠。（詩番97）

18　運[①]冷時窮蔡。吾衰久歎周。悲哉圖不出。逝矣水難留。

19　玉俎風蘋薦。金罍月桂浮。天縦神化遠。万代仰芳猷。

【校異】①運伶〔冷〕時窮蔡（底②）。

20　五言。遊吉野川。（詩番98）

21　友非干禄友。賓是飡霞賓。縦歌臨水智。長嘯樂山仁。

22　梁前[①]招吟古。峡上簧声新。[②]琴樽猶未極。明月照河濵。

【校異】①招吟古（底①）。大野に来歴志本・林家本も「松吟古」に作るとある。澤田總清『懐風藻註釈』は武田祐吉博士説により「柘」に改めるという。②琴樽猶未極〔遊〕（底②）。琴樽猶未遊（天和・宝永・寛政）。

55　丹墀真人広成

1　従三位中納言丹墀真人廣成三首。

2 五言。遊吉野山。（詩番99）

3 山水随臨賞。巖谿逐望新。朝①看度峯翼。夕②翫躍潭鱗。

4 放曠多幽趣。超然少俗塵。栖心佳野域。尋問美稲津。

【校異】①朝著度峯翼（天和・宝永・寛政）。②夕乱躍潭鱗（底①）。夕乱〔翫〕躍潭鱗（底②）。夕翫躍潭鱗（天和・宝永・寛政）。

5 七言。吉野之作。（詩番100）

6 高嶺嵯峨多奇勢。長河渺漫作廻流。

7 鐘①地超潭異凡類。美②稲逢仙同洛洲。

【校異】①鐘地超潭豈異ィ凡類（底①）。□地超潭豈凡類（天和）。鍾地超潭豈凡類（宝永・寛政）。②美稲逢仙同〔月・氷〕洛洲（底②）。美稲逢月氷□（天和）。美稲逢月氷洲（宝永・寛政）。

8 五言。述懐。（詩番101）

9 少無螢雪志。長無錦綺工。適逢文酒會。終恧不才風。

56 高向朝臣諸足

1 從五位下鋳銭長官高向朝臣諸足一首。
2 五言。從駕吉野宮。（詩番102）
3 在昔釣魚士。①方今留鳳公。彈琴与仙戲。投江將神通。
4 ②柘歌泛寒渚。霞景飄秋風。誰謂姑射嶺。駐蹕望仙宮。

【校異】①方今留鳳〔風〕公（底②）。方今留風公（天和・宝永・寛政）。②拓歌泛寒渚（底①・天和・宝永・寛政）。拓〔柘歟〕歌泛寒渚（底②）。

57 釈道慈

1 釋道慈二首。
2 釋道慈者。俗姓額田氏。添下人。少而出家。聰敏好學。英材明悟。
3 ①為衆所懽。大寶元年。遣學唐國。歴訪明哲。留連講肆。妙通三藏之玄宗。

4 廣談五明之微旨。時唐簡于國中義學高僧一百人。請入宮中令講仁王般若。
5 法師學業穎秀。預入選中。唐王憐其遠學。特加優賞。遊學西土十有六歳。
6 養老二年歸來本國。帝嘉之。拜僧綱律師。性甚骨鯁。為時不容。
7 ②解任皈遊山野。時出京師。造大安寺。時年七十餘。

【校異】①為衆所權〔歓〕（底②）。為衆所歓（天和・宝永・寛政）。②解任帰遊山野（天和・宝永・寛政）。

8 五言。在唐奉本國皇太子。（詩番103）
9 三寶持聖德。百霊扶仙壽。々共日月長。德与天地久。
10 五言。初春在竹渓山寺於長王宅宴追致辞。并序。（詩番104）
11 沙門道慈啓。①以今月廿四日。濫蒙抽引。追預嘉會。奉旨驚惶。②罔知攸措。
12 但道慈少年落餝。常住釈門。③至於属詞談吐。元来未達。④況乎道慈。
13 機儀俗情全有異。香盞酒盃又不同。此庸才赴彼高會。理乖於事。⑤事迫於心。

14 若夫魚麻易處。方円改質。恐其失養性之宜。乖任物之用。撫躬之驚惕。

15 不遑啓処。謹⑥裁以韻。以辞高席。謹至以左。羞穢耳目。

【校異】①以今月二十四日（天和・宝永・寛政）。②罔〔不〕知攸措（底②）。不知攸措（天和・宝永・寛政）。③至於属詞吐談（天和・宝永・寛政）。④況乎道機（天和・宝永・寛政）。⑤々迫於心（天和・宝永・寛政）。⑥謹至以如イ左（底①）。謹裁以韵（宝永・寛政）。謹至以□（天和）。

16 素①緇杳然別。金漆諒難同。衲②衣蔽寒体。綴鉢足飢嚨。

17 結蘿為垂幕。枕石臥巖中。抽身離俗累。滌心守真空。

18 策杖登峻嶺。披襟稟和風。桃③花雪冷々。竹渓山沖々。

19 驚春柳雖変。餘④寒在單躬。僧既方外士。何煩入宴宮。

【校異】①素緇〔緇素〕杳然別（底②）。緇素杳然別（天和・宝永・寛政）。②納衣蔽寒体（天和・宝永・寛政）。③桃花雪冷冷（天和・宝永・寛政）。④餘寒在艸躬（天和）。

58 麻田連陽春

1 外従五位下石見守麻田連陽春一首。〈年五十六〉
2 五言。和藤江守詠裨叡山先考之旧禪處柳樹之作。（詩番105）
3 近江惟帝里。裨叡寔神山。々静俗塵寂。①谷閑真理専。
4 於穆我先考。獨悟闡芳縁。寶殿臨空構。梵鐘入風傳。
5 烟雲万古色。②松栢九冬専。日月荏苒去。慈範独依々。
6 寂寞精禅處。③俄為積草墀。古樹三秋落。寒草九月衰。
7 唯餘兩楊樹。孝鳥朝夕悲。

【校異】①谷間真理等（天和・宝永・寛政）。②天和・宝永に「松栢九冬専」の次に改行あり。二首と見たか。③俄為積艸墀（天和・宝永・寛政）。

59 塩屋連古麻呂

1 外従五位下大學頭塩屋連古麻呂一首。
2 ①五言。春日於左僕射長屋王宅宴。（詩番106）

3　卜居傍城闕。乗[②]輿引朝冠。繁絃辨山水。妙舞舒齊紈。

4　柳條風未煖。梅花雪猶寒。故[③]情良得所。願言如金蘭。

【校異】①五言なし（天和・宝永・寛政）。②乗輿引朝冠（天和・宝永・寛政）。③故情良得所（天和）。放情良得所（宝永・寛政）。

60　伊与連古麻呂

1　従[①]五位下上総守伊[②]与連古麻呂一首。

2　五言。賀五八年宴。（詩番107）

3　万秋長貴戚。五八表遐年。真[③]率無前役。鳴求一愚賢。

4　令節調黄地。寒風変碧天。已應螽斯徵。何須顧太玄。

【校異】①従五位上（天和・宝永・寛政）。②伊與連古麻呂（底②）。伊支連古麻呂（天和・宝永・寛政）。③真率無前役〔後〕（底②）。真率無前後（天和・宝永・寛政）。

61　民黒人

1 隠士民黒人二首。

2 五言。幽棲。（詩番108）

3 試出囂塵処。追尋仙桂叢。①巖谿無俗事。山路有樵童。

4 泉石行々異。②風煙處々同。欲知山人樂。松下有清風。

【校異】 ①巖谿無俗叓（底①）。巖谿無俗事（天和・宝永・寛政）。②風烟行々同（天和）。風烟処々同（宝永・寛政）。

5 五言。独坐山中。（詩番109）

6 ①煙霧辞塵俗。②山川扗處居。③此時能莫賦。風月自軽余。

【校異】 ①烟霧辞塵俗（天和・宝永・寛政）。②山川扗〔壮〕処居（底②）。山川壮処居（天和・宝永・寛政）。③此時能草賦（底①・天和・宝永・寛政）。此時能草〔莫〕賦（底②）。宝永・寛政頭注に「草或作莫」とある。

62 釈道融

1 釈道融五首。〔三首欠〕

2 釈道融者。俗姓波多氏。少遊槐市。博學多才。特善属文。性殊端直。
3 昔丁母憂。寄住山寺。偶見法華経。慨然歎曰。我久貧苦。
4 未見寶珠之在衣中。周孔糟粕。安足以留意。遂脱俗累。落餝出家。
5 精進苦行。留心戒律。時①有宣律師六帖抄。辞義隠密。當時徒絶無披覧。
6 法師周観未踰浹辰。敷講莫不洞達。世讀此書。從融始也。時皇后嘉之。
7 施絲帛三百匹。法師曰。我為菩提修法施耳。因茲望報。市井之事耳。
8 遂策杖而遁。自②此以下可有五首詩等歟。今闕焉。

【校異】①時有宣律師六帖巻イ抄（底①）。②自此以下可有五首詩等〔い无〕歟今闕焉（底②）。自此以下可有五首詩云爾有疑（天和・宝永・寛政）。

9 我①所思兮在無漏。欲②徃從兮貪瞋難。（詩番110）
10 路③険易兮在由己。壮④士去兮不復還。

【校異】①我所思兮在無漏楽土イ（底①）。我所思兮在無漏（天和・宝永・寛政）。②欲往従兮貪嗔痴駭イ難（底①）。欲住従兮貪瞋難

（天和・宝永・寛政）。③路険易子在由己行且老兮盍黽勉イ（底①）。路険易兮在由己（天和・宝永・寛政）。④壮士去日月逝イ兮不復再イ還（底①）。壮士去兮不復還（天和・宝永・寛政）。

11 山中①。（詩番111）

12 山中今何在。倦禽日暮還。草廬風湿裏。桂月水石間。

13 殘果宜遇老。衲衣且免寒。茲地無伴侶。携杖上峯巒。

【校異】①「山中」の詩なし（天和・宝永・寛政）。大野においても、諸写本にこの詩は無いと記す。

63 石上朝臣乙麻呂

1 従三位中納言兼中務卿石上朝臣乙麻呂四首。

2 石上中納言者。左大臣第三子也。地望清華。人才穎秀。雍①容閑雅。

3 甚善風儀。雖勗志典墳。亦頗愛篇翰。嘗有朝讃。飄寓南荒。臨淵吟澤。

4 寫心文藻。遂有銜悲藻兩巻。今傳於世。天平年中。詔簡入唐使。

5 元來此擧難得其人。時選朝堂。無出公右。遂拜大使。衆僉悦服。

6 為時所推。皆此類也。然遂不仕。其後授従三位中納言。自登台位。

7 風采日新。芳猷雖遠。遺②列蕩然。時年。

【校異】①雍容閒雅（天和・宝永・寛政）。②遺ィ无列蕩然（底①）。遠別蕩然（天和）。遠列蕩然（宝永・寛政）。

8 五言。飄寓南荒贈在京故友。一首。（詩番112）

9 遼夐遊千里。徘徊惜寸心。風前蘭送馥。月後桂舒陰。

10 斜①雁凌雲響。軽蟬抱樹吟。相思知別慟。徒弄白雲琴。

【校異】①斜鴈凌雲響（天和・宝永・寛政）。

11 五言。贈掾公之遷任入京。一首。（詩番113）

12 余含南裔怨。君①咏北征詩。詩興哀秌②節。傷哉槐樹衰。

13 彈琴顧落景。歩月誰逢稀。相望天垂別。分③後莫長違。

【校異】①君咏〔詠〕北征詩（底②）。君詠北征詩（天和・宝永・寛政）。②秋節（天和・宝永・寛政）。③分後草長違（底①・天和）。分後〔莫〕長違（底②）。分後莫長違（宝永・寛政）。

14 五言。贈旧識。一首。（詩番114）

15 万里風塵別。三冬蘭蕙衰。霜花逾入鬢。寒気益嚬眉。

16 夕鴛迷霧裏。①暁雁苦雲垂。開衿期不識。呑恨独傷悲。

【校異】①暁鴈苦雲垂（天和・宝永・寛政）。

17 五言。①秌夜閨情。一首。（詩番115）

18 他郷頻夜夢。談与麗人同。寝裏歓如實。②驚前恨泣空。

19 寒思向桂影。③独坐聴秌風。山川嶮易路。展轉憶閨中。

【校異】①秋夜閨情（天和・宝永・寛政）。②驚前恨泣寒空思向桂影（底①）。驚前恨泣寒空思向桂影（天和・宝永）。驚前恨泣寒《空》空《寒ィ》思向桂影（寛政）。大野は尾州・来歴志・林家本に「泣空」とあるとする。寒空が続いたことによる誤写。韻を重んじ寛政本の校合により泣空・寒思を本文とする。③独坐聴松風（天和・宝永・寛政）。

64　葛井連広成

1　正五位下中宮少輔葛井連廣成二首。

2　五言。奉和藤太政佳野之作。一首。〈①仍用前韵四字〉（詩番116）

3　物外囂塵遠。山中幽隠親。笛浦棲丹鳳。琴淵躍錦鱗。

4　②月後楓聲落。風前松響陳。開仁對山路。獵智賞河津。

【校異】①乃用前韻四字（天和・宝永・寛政）。②月後香聲落（底①）。月後楓香〔番歟〕落（底②）。月後楓声落（天和・宝永・寛政）。

5　五言。月夜坐河濵。一絶。（詩番117）

6　雲飛低玉柯。月上動金波。落照曺王苑。流光織女河。

65　亡名氏

1　亡名氏。

2　五言。[①]歎老。（詩番118）

3　耋翁雙鬢霜。伶俜須自怜。春日不須消。□□□□□。

4　笑拈梅花坐。戲嬉似少年。山水元無主。死生亦有天。

5　心爲錦絅美。自要布衾纏。城隍雖阻絶。寒月照無邉。

【校異】①「歎老」の詩なし（天和・宝永・寛政）。この詩は、底本①②以外に紀州家本に載る（大野）。

（終）

〔龍〕

―編	序2
―潜王子	序10
潜―	3-17
遊―門山	5-13
―潜之日	15-3
啓―棲	29-5
―車	52-4
攀―鳳	53-28

（終）

〔鹿〕

鳴鹿—爵 41-4

〔麁〕

有—疎 54-11

〔麗〕

高— 序2
—筆 序9
音詞雅— 4-7
山川— 4-13
—景 17-4
蒼天— 26-4
天裏— 39-7
景— 44-9
—春墀 51-6
照蘭— 52-10
—人同 63-18

麻　部

〔麻〕

紀朝臣—呂 7-1
大神朝臣高市—呂 9-1
紀朝臣古—呂 12-1
美努連浄—呂 13-1
大神朝臣安—呂 23-1
調忌寸古—呂 40-1
下毛野朝臣虫—呂 42-1
百済公和—呂 47-1
箭集宿禰虫—呂 50-1
魚— 57-14
—田連陽春 58-1
塩屋連古—呂 59-1
伊与連古—呂 60-1
石上朝臣乙—呂 63-1

〔麾〕

凝— 27-4

黄　部

〔黄〕

入—塵 9-3
—葉 33-11
葉— 49-7
—文連備 36-1
調—地 60-4

黒　部

〔黒〕

民—人 61-1

〔黯〕

斜日—々 12-4

鼓　部

〔鼓〕

—声 3-19
鐘— 15-7
—腹 16-5

〔皷〕

—枻 52-11

鼻　部

〔鼻〕

犢— 46-9

齊　部

〔斉〕

—魯之学 序3
—濁盈 45-3
宝— 50-6
非—桓公 53-18
舒—紈 59-3

〔斎〕

山— 2-7, 6-5
遊山— 6-6
山—言志 23-2

龍　部

鳥　部

〔鳥〕

於—文　序2
哢—　3-10
囀—　13-4
戯—没　14-3
歓春—　17-7
戯—　24-4
魚—　29-4, 54-3
花—　29-5
青—　52-4

〔鳬〕

沐—　11-4

〔鳳〕

—翥天皇　序11
—蓋　17-16, 46-6
唐—　22-3
狎—閣　29-5
—池　31-3
—鸞之儀　33-3
披—閣而　42-6
—楼詞　47-11
攀龍—　53-28
留—公　56-3
棲丹—　64-3

〔雁〕

霜—　33-7
俯—池　42-6
朔—　42-15
—飛　45-8
斜—　63-10
暁—　63-16

〔鴈〕

—渚　4-14
新—　31-3

〔鴛〕

戯嬌—　13-3
夕—　63-16

〔鵲〕

—影　17-16
渡—橋　35-4

〔鶉〕

—衣　47-4

〔鶯〕

翫花—　4-9
—嫣樹　4-11
翫—梅　5-10
嬌—　5-11
—哢　10-4
哢—始　11-3
—吟　38-3
—谷新　38-3

〔鷰〕→燕

—巣　4-14
晩—　31-3

〔鶴〕

雲—　序10
画雲—　3-15
控—　5-14
控—挙　17-10
駕—去　17-13
留翔—　24-5
—蓋　47-4

〔鷺〕

窺—　11-4

〔鸞〕

鳳—之儀　33-3
飛—曲　42-15
泛—觴　43-4
青—舞　50-6

鹵　部

〔塩〕

—梅寄真宰　1-16
—梅道　17-8
痩—　53-16
—屋連古麻呂　59-1

鹿　部

—市皇子 5-5
指—天 6-3
—貞節 6-4
大神朝臣—市麻呂 9-1
浮—閣 21-3
—風 33-10
—旻 44-6
嶺— 44-10
—会 45-3
天— 53-36
於—天 54-5
夫登— 54-8
—嶺 55-6
—向朝臣諸足 56-1
—僧 57-4
赴彼—会 57-13
—席 57-15

髪　部

〔髪〕

遂被—陽狂 4-4
白—年 41-6

〔髻〕

—上暉 18-3

〔鬢〕

悲白— 序11
已白— 9-3
理雲— 33-14
逾入— 63-15
双—霜 65-3

鬥　部

〔鬭〕

—素蝶 7-4

鬼　部

〔鬼〕

以為—狂 4-5

〔魁〕

—岸奇偉 1-2
状貌—梧 3-2

〔魄〕

眉間— 18-3

魚　部

〔魚〕

臨水観— 14-2
識—有 14-4
周— 22-3
—鳥 29-4
遊—情 31-4
—驚 44-10
赤鱗— 50-6
—鳥為翫 54-3
水—歓 54-16
釣—士 56-3
—麻 57-14

〔魯〕

斉—之学 序3
—壁之餘蠹 序14
返— 53-14

〔鮮〕

—雲 17-4
落霞— 44-7

〔鯁〕

骨— 57-6

〔鱗〕

錦—淵 10-6
独銜— 11-4
躍潜— 13-3
泛軽— 19-3
遊—戯 43-4
浮錦— 45-4
赤—魚 50-6
応琴— 51-3
不異— 53-31
躍潭— 55-3
躍錦— 64-3

〔馥〕

散—同心　33-8
芝蘭之—　53-17
蘭送—　63-9

〔馨〕

—香陳　19-4

馬　部

〔馬〕

於—厩　序2
—上怨　15-8
伊与部—養　20-1
但—守　47-1
呉—　53-16
車—疎　54-14

〔馳〕

—心　53-23

〔駕〕

命—　5-14
従—応詔　9-2, 20-2
従—吉野宮　30-2, 49-5, 56-2
宸—　16-3
—鶴去　17-13
仙—　33-14
神—　35-4, 47-7
—飛　52-4
千里之—　53-11

〔駐〕

—蹕　56-4

〔駭〕

莫不驚—　4-8

〔騎〕

万—筵　3-12

〔験〕

後—　53-17

〔騰〕

—茂実於　序11
—飛　33-5

〔騫〕

張—跡　30-3

〔驂〕

—帯断雲浮　49-3

〔驚〕

覚而—異　1-5
—波　3-10, 20-3
莫不—駭　4-8
莫相—　4-14
—飈　12-4
得声清—情四字　12-6
嘯且—　12-8
—秋蝉　20-4
払露—　31-3
忽—秋　35-3
魚—　44-10
—惶　57-11
撫躬之—惕　57-14
—春　57-19
—前　63-18

〔羈〕

以千里—遊　42-6

〔驥〕

留—足　53-13

骨　部

〔骨〕

風—　1-3
太子—法　3-5
—骾　57-6

高　部

〔高〕

—麗　序2
唐使劉徳—　1-3
有—孝尼　4-2
風—　4-13

〔湌〕

—霞賓　54-21

〔飲〕

宴—　6-6
—和　17-5
上巳禊—　39-5
一酔之—　54-5

〔餝〕

落—　57-12, 62-4

〔飽〕

—徳　33-9, 51-7

〔餌〕

芳—下　14-4

〔養〕

伊与部馬—　20-1
—老二年　57-6
—性之宜　57-14

〔餞〕

祖—　42-7
—送秋　49-3

〔餘〕

薄官—閑　序12
—翰　序13
—蠹　序14
—根　6-3
三—暇　11-3
—景下　44-7
年—　53-32
賞有—　54-10
奉諫—　54-13
年七十—　57-7
—寒　57-19
唯—両楊樹　58-7

首　部

〔首〕

篇—　序15
二—　1-1, 4-1, 5-1, 6-1, 10-1, 10-2, 12-1, 15-1, 17-9, 29-1, 29-2, 30-1, 30-2, 32-1, 39-1, 39-2, 40-1, 41-1, 45-1, 49-1, 50-1, 51-1, 57-1, 61-1, 64-1
一—　2-1, 3-8, 3-11, 4-9, 4-12, 5-10, 5-13, 6-2, 6-5, 7-1, 7-2, 8-2, 8-5, 8-8, 9-1, 9-2, 11-1, 11-2, 12-2, 12-6, 13-1, 13-2, 14-1, 14-2, 16-1, 16-2, 17-2, 17-6, 17-14, 18-1, 18-2, 19-1, 19-2, 20-1, 20-2, 21-1, 21-2, 22-1, 22-2, 23-1, 23-2, 24-1, 24-2, 25-1, 25-2, 26-1, 26-2, 27-1, 27-2, 28-1, 28-2, 31-1, 31-2, 32-2, 32-5, 33-2, 33-13, 33-16, 34-1, 35-1, 35-2, 36-1, 36-2, 41-2, 42-1, 42-2, 43-1, 43-2, 44-5, 48-1, 52-8, 53-10, 56-1, 57-1, 58-1, 59-1, 60-1, 63-8, 63-11, 63-14, 63-17, 64-2
四—　3-1, 63-1
三—　8-1, 33-1, 44-1, 46-1, 47-1, 52-1, 55-1
元—望　8-7
五—　17-1, 54-1, 62-1, 62-8
元—寿千歳　25-4
安倍朝臣—名　27-1
道公—名　31-1
吉智—　35-1
大津連—　51-1
六—　53-1

香　部

〔香〕

含—　4-11
声—陳　19-4
蘭—　44-4
桃苑—　45-4
—盞　57-13

竹林— 4-10
—高 4-13
—鑒秀遠 5-3
—涼 6-7
逐— 8-10
松— 10-4, 22-4
薫— 10-7, 17-7
清— 12-5
—雲清 12-7
太平— 16-5
入松— 17-11
随—転 17-16
—自春 19-3
—和 19-5
—笙 20-5
—波 29-4
河源— 30-3
吟—還 31-3
—転 33-7
高— 33-10
散—朝 33-11
菊— 35-3
—光暮 36-3
賦得—字 39-2
共逐— 39-4
—月時 40-3, 47-10
金— 41-3
秋(烋)— 42-3, 56-4, 63-19
君子之— 42-7
涼— 42-10, 45-8
—月 42-12, 54-3, 61-6
—月筵 44-6
国—陳 45-3
—亭悦仙会 46-9
帯—斜 47-3
—響譁 47-5
帯—散 48-3
絶—牛 49-4
在—煙 51-4
—景 51-6
和— 52-10, 57-18
—前 53-7, 63-9, 64-4
—生 53-17
—塵 53-21
—霜触 53-25
清— 53-35, 61-4
—蘋蕩 54-19
不才— 55-9
入—伝 58-4
—未煖 59-4
寒— 60-4
—煙 61-4
—湿裏 62-12
—儀 63-3
—采 63-7
—塵別 63-15

〔飄〕

柳葉— 33-7
落扇— 33-12
—々葉已涼 43-3
—糸柳 45-4
—三春 52-10
—秋風 56-4
—寓 63-3, 63-8

〔颷〕

驚— 12-4

飛　部

〔飛〕

—英声 序12
未— 12-5
—文 17-10
漢帝— 18-4
—塵曲 32-4
騰— 33-5
—瀑激 33-17
—西傷 42-12
—鸞曲 42-15
鴈— 45-8
—花映 47-7
—乖愁 49-4
—雲路 52-4
之擬— 53-14
—繳 53-35
雲— 64-6

食食　部

〔飢〕

足—嚨 57-16

〔響〕

共紘—　3-10
—庭林　12-4
糸—急　30-4
雑—　33-6
遏歌—　36-3
風—講　47-5
遺—　49-7
凌雲—　63-10
松—陳　64-4

頁　部

〔須〕

巨勢朝臣多益—　10-1
何—　46-7, 60-4
—自怜　65-3
不—消　65-3

〔預〕

—琢　53-13
—入　57-5
追—　57-11

〔頌〕

献—　序9
倶—　21-4
—三春　25-4
—皇沢　26-5
世—　27-3

〔頗〕

性—放蕩　3-3
—有忌害之心　4-3
—愛属文　5-4
—洪玄学　15-2
亦—愛　63-3

〔頭〕

大学—　16-1, 33-1, 50-1, 59-1
主税—　36-1
図書—　49-1
陰陽—　51-1

〔頻〕

—夜夢　63-18

〔額〕

—田氏　57-2

〔顕〕

—爵里　序15

〔題〕

撫芳—　序13
具—　序15

〔類〕

学—　53-32
凡—　55-7
皆此—也　63-6

〔願〕

—大王勤修徳　1-6
—納後庭　1-7
—慰　45-8
是諧私—　54-4
—言　59-4

〔顧〕

—盻煒爗　1-2
自—　39-7
相—　41-4
—太玄　60-4
—落景　63-13

風　部

〔風〕

洙泗之—　序3
調—　序6
於—筆　序10
想—月之旧遊　序12
惜—声之空墜　序14
遺—　序16
懐—　序16
—範弘深　1-2
—骨不似世間人　1-3
—月澄遊席　2-8
与—闘　3-10
—筆　3-15
対—日　4-6

〔霽〕

天—　54-11

〔靄〕

—浮煙　44-6

〔靆〕

靉—　12-4

〔靉〕

—靆　12-4

青　部

〔青〕

望—陽　5-11
—春日　41-6
—海　47-11
—鸞舞　50-6
—鳥　52-4

〔静〕

山逾—　6-7
—胡塵　15-7
開—仁　17-13
波潮—　40-4
深亦—　49-6
山—　58-3

非　部

〔非〕

—唯百篇　序9
実—此国之分　1-3
—存意　16-4
已—故　17-4
—曽故　17-15
—鄭子産　53-17
—斉桓公　53-18
—同翼　53-31
豈—　54-8
友—　54-21

面　部

〔面〕

—前　17-16
一—金蘭席　40-3

〔靨〕

開素—　5-11
開—　33-6

韋　部

〔韓〕

及三—　52-6

〔韜〕

—光　53-24

音　部

〔音〕

—塵　序13
—詞雅麗　4-7
八—　19-4
与巴—　33-6
仰韶—　36-4
蝉—寒　52-7

〔韵〕

—小雅　39-3
芳—　42-12
—松筠　44-10
前—　51-2, 64-2
—嵆琴　53-35
四—　54-8

〔韶〕

九秋—　33-11
開—景　34-3
仰—音　36-4
愛—景　48-3

〔韻〕

—添詠　22-4
以—　57-15

白—天 20-5
烟—外 23-3
—間 26-5
朝— 30-3
理—鬢 33-14
出—介 35-1
雕— 36-3
—浮 39-7
愁—断 41-4
披— 41-7
子—玄 41-7
寒— 42-9
度—前 42-15
望—仁 44-4
闇—路 44-10
白— 47-11
断—浮 49-3
—巻 49-6
飛—路 52-4
白—天 53-23
—端 53-23
烟— 53-27, 58-5
—衣落 54-11
凌—響 63-10
白—琴 63-10
—垂 63-16
—飛 64-6

〔霄〕

—篆 8-10

〔震〕

重— 12-7

〔霊〕

臨—沼 3-9
—仙 17-13
—台下 33-12
—姿 33-14
仙—宅 46-7
—台 50-6
—懐 51-4
百—扶仙寿 57-9

〔霑〕

—万民 7-5
—蘭 53-27

〔霏〕

落雪—々 12-4
廻雪— 18-3

〔霞〕

—峰遠 3-9
泛—浜 8-3
酌烟— 11-4
流— 27-4, 50-3
烟— 28-4, 54-6
含— 32-3
—帷 33-5
共—影 33-6
煙— 42-11
—色 43-4
落—鮮 44-7
—開 49-6
丹— 53-27
飡—賓 54-21
—景 56-4

〔霜〕

—杼 3-15
負—落 23-4
—雁 33-7
風—触 53-25
—花 63-15
双鬢— 65-3

〔霧〕

於—渚 序11
—浦 6-6
移—渚 8-3
烟—発 12-7
—尽 20-4
夕— 30-3
披夕— 35-3
披— 40-4
煙— 61-6
迷—裏 63-16

〔露〕

湛—恩 10-4
湛— 27-4
払—驚 31-3
—凝 33-6
白— 33-11, 42-10, 53-27
湛—仁 34-4

〔雖〕

—音塵渺焉　序13
論—蜂起　4-7
—喜　4-11
年—足　8-6
—尽林池楽　11-5
—歓娯未尽　53-8
—已富　53-32
柳—変　57-19
—勗志典墳　63-3
—遠　63-7
—阻絶　65-5

〔雑〕

—響　33-6
—沓　51-3

〔雕〕

—章　序9
乏—虫　4-11
—華　33-4
—雲　36-3
—俎　42-6

〔難〕

信—斟　12-5
—垠　22-3
我所—　37-3
豈—期　40-4
緒—窮　42-10
河—越　47-8
賦得—字　52-5
促膝—　52-6
知人之—　53-18
—逢　53-24
本自—　54-15
水—留　54-18
諒—同　57-16
貪瞋—　62-9
—得其人　63-5

〔雞〕

於窓—　33-5
—林客　47-11

〔離〕

経乱—　序9
明—　12-7
出—宮　16-3
別—憂　33-15
釈—愁　35-4
叙—思　40-3
別—絃　42-15
—席　45-7
—俗累　57-17

雨　部

〔雨〕

行—下　18-3
—晴　20-4

〔雪〕

詠—　8-8
—花　8-9
望—　12-2
落—　12-4
廻—霏　18-3
梅—　28-4
送—　32-3
含—散　47-3
消—嶺　48-4
蛍—志　55-9
—冷　57-18
—猶寒　59-4

〔雲〕

—鶴　序10
—旌　3-13
画—鶴　3-15
凌—　6-3
—岸　6-6
—漢津　8-4
—羅　8-9
—罍　11-4
浮—　12-4
風—清　12-7
—裡　15-10
望—端　15-10
鮮—　17-4
—衣　17-15
—開　18-3
—巻羅　20-4

—紫宸 17-8
—恩席 45-5
幸— 48-4

〔陸〕

同伴登— 4-6
常—介 38-1
在常— 53-10
—機海 53-35

〔隆〕

李—基 15-3
—平徳 27-3
—腹 46-9
学—万巻 53-13

〔隅〕

守部連大— 48-1

〔陵〕

李—弓 39-4

〔階〕

三— 序7
—梅 7-4
—前 13-4

〔隍〕

城— 65-5

〔随〕

—風転 17-16
体—漢帝飛 18-4
—波散 24-4
人— 49-3
—臨賞 55-3

〔陽〕

被髪—狂 4-4
望青— 5-11
吐—気 10-3
陰—頭 51-1
麻田連—春 58-1

〔隔〕

滄波— 44-7

〔隠〕

已—山 3-13
—居 6-4
—逸 17-8
大— 53-28
朝— 53-34
—士 61-1
—密 62-5
幽—親 64-3

〔際〕

当此之— 序8
山— 41-4

〔隙〕

聴覧— 10-5

〔隣〕

共虞— 26-3

〔隴〕

—上 6-3

隹　部

〔雀〕

赤— 3-17

〔集〕

箭—宿禰虫麻呂 50-1

〔雅〕

—愛博古 1-11
局量弘— 2-2
忠臣之—事 2-4
音詞—麗 4-7
催—曲 10-4
文—席 12-8
—趣 16-3
引—文 24-3
結—声 31-4
韵小— 39-3
振—藻 52-3
閑— 63-2

〔雍〕

—容 63-2

紫— 24-3
狎鳳— 29-5
華— 35-4
披鳳—而 42-6
東— 43-3
針— 46-9
金— 52-3

〔関〕

—山月 15-8

〔闈〕

烁夜—情 63-17
憶—中 63-19

〔閲〕

—古人之遺跡 序12
特— 5-9

〔閽〕

天— 54-16

〔闇〕

—雲路 44-10

〔闉〕

沸城— 15-7

〔闕〕

遺— 53-15
傍城— 59-3
今—焉 62-8

〔闡〕

弘— 序5
—芳縁 58-4

〔闢〕

広— 33-3

阜阝　部

〔阮〕

入—嘯 53-35

〔阻〕

遠相— 53-22
雖—絶 65-5

〔限〕

無—寿 21-4

〔陥〕

—其塗炭 2-5

〔降〕

—蹕之世 序1
自茲以— 序10
—節礼士 3-4
以—諸人 6-1
—臨 10-6
爰— 19-4

〔険〕

路—易兮 62-10

〔除〕

樹— 8-4

〔陰〕

斜—砕 8-4
重寸— 12-3
—陽頭 51-1
桂舒— 63-9

〔陳〕

花藻— 7-4
葉裡— 13-4
声香— 19-4
碧空— 26-4
兼— 33-10
—相嘉 35-4
繁— 42-6
国風— 45-3
松響— 64-4

〔陶〕

共—然 3-12
—性 51-4
—然 54-7

〔陪〕

濫— 9-4
幸— 10-8

悲—愁 17-16
宴—王宅 32-2
—坂 33-8
息—真人臣足 34-1
於—王宅 33-2, 39-2, 40-2, 41-2, 42-2, 47-9, 49-2, 52-5
—王 42-5
—皐 42-9
—王宅宴 43-2, 45-6, 50-5, 51-5, 53-26, 57-10, 59-2
—屋王 44-1
—為 44-7
兼権造—官 45-1
—王宅讌 47-2
—流 53-5
—糸 53-6
—悲 53-21
埋然— 53-28
—嘯 54-21
—河 55-6
—無 55-9
鋳銭—官 56-1
日月— 57-9
—貴戚 60-3
莫—違 63-13

門　部

〔門〕

桑— 4-10
遊龍—山 5-13
四—客 28-3
—柳 51-6
傾— 54-14
沙— 57-11
釈— 57-12

〔開〕

恢— 序5
時— 序8
—衿 3-9, 53-7, 63-16
暮— 3-12
—襟 4-6
—素靨 5-11
—懐抱 5-12
—明鏡 10-8
—静仁 17-13
—短楽 17-16
雲— 18-3
松影— 19-5
—芳苑 22-4
花— 24-4
咲林—靨 33-6
曄桃— 33-17
—韶景 34-3
—良宴 38-3
—筆海 39-3
—曲席 43-3
—遠照 44-6
年— 44-9
—文遊 45-7
—景華 47-3
—桂賞 47-10
霞— 49-6
—芳序 50-3
—一嶺 52-10
—仁 64-4

〔間〕

—出 序10
世—人 1-3
有巨猾—釁 1-5
林—物候 2-8
時呉越之— 4-2
誰敢—然乎 5-8
独以星—鏡 8-4
仁智— 11-5
眉—魄 18-3
雲— 26-5
竹林之— 42-9
方— 42-9
千里之— 53-3
千歳之— 54-5
水石— 62-12

〔閑〕

餘— 序12
—居趣 23-3
谷— 58-3
—雅 63-2

〔閣〕

浮高— 21-3

遊山—　57-7
佳—作　64-2

〔量〕

局—弘雅　2-2

金　部

〔金〕

歩—苑　3-9
—烏　3-19
半山—　12-4
—堤　19-3
留—堤　21-3
—漢　33-14
—墀　36-3
—蘭席　40-3
—風　41-3
—蘭賞　44-6
—谷室　44-9
—閣　52-3
於—谷　53-4
—科　53-14
—罍　54-19
—漆　57-16
如—蘭　59-4
動—波　64-6

〔針〕

—閣　46-9

〔釣〕

夢裡—天　12-5
垂—　14-3
—魚士　56-3

〔鉢〕

綴—　57-16

〔銀〕

—河　33-14

〔銭〕

—長官　56-1

〔銜〕

—鱗　11-4
—悲藻　63-4

〔錦〕

織葉—　3-15
—鱗淵　10-6
—巌　33-17
浮—鱗　45-4
軽—　53-6
桃—舒　54-11
—綺工　55-9
躍—鱗　64-3
—絅　65-5

〔錯〕

—味　33-4
—繆　52-11

〔鏡〕

独以星間　8-4
開明—　10-8
月—　17-15
寒—　48-4
沈—　53-3
明逾水—　53-13

〔鐘〕

—鼓　15-7
—池　46-4
—地　55-7
梵—　58-4

〔鋳〕

—銭長官　56-1

〔鑒〕

風—秀遠　5-3
—流　39-3

長　部

〔長〕

—子也　1-2, 3-2, 5-2
—女　5-2
—忘　5-14
—恨　15-10
苦—安　15-10

〔酒〕

—中 8-3
文— 10-7, 21-4
文—事 17-8
琴— 22-4
傾菊— 32-6
置— 34-3, 44-8, 47-10, 54-2
盃— 39-4
浮菊— 45-8
—処泛 50-3
対— 54-3
文—会 55-9
—盃 57-13

〔酎〕

酌賢人之— 42-8

〔酔〕

良—徳 10-4
—我 33-8
良為— 51-7
—花 53-4
—月 53-4
—裏 53-9
一—之飲 54-5
人— 54-7

〔醴〕

置—之遊 序8
酌— 16-4

〔釁〕

有巨猾間— 1-5

采　部

〔采〕

—女朝臣比良夫 26-1
風— 63-7

〔釈〕

—教 序4
—智蔵 4-1
—弁正 15-1
—離愁 35-4
—奠 54-17
—道慈 57-1, 57-2
—門 57-12
—道融 62-1, 62-2

里　部

〔里〕

爵— 序15
以千—羈遊 42-6
千—外 47-11
帝— 47-3, 52-3, 53-27, 58-3
万— 49-4, 63-15
千—之間 53-3
千—之駕 53-11
藤原朝臣万— 54-1
遊千— 63-9

〔重〕

—光 7-3
—寸陰 12-3
—震 12-7
—仁智 27-4

〔野〕

葛—王 5-1
臨—池 6-6
朝—趣 6-7
遊吉— 17-9
—花烌 23-3
遊吉—宮 29-2
従駕吉—宮 30-2, 49-5, 56-2
吉—涛 30-5
下毛—朝臣虫麻呂 42-1
朝— 42-5
遊吉—川 46-2, 53-33, 54-20
扈従吉—宮 46-5
—坐 47-4
遊吉—川之作 51-2
林— 51-4
—客 53-34
遊吉—山 55-2
佳—域 55-4
吉—之作 55-5

囂塵—　64-3

〔遺〕

閲古人之—跡　序12
—風　序16
—響　49-7
—闕　53-15
—列　63-7

〔遥〕

—憶　序13
望—岑　12-3
—嶺　44-6

〔遨〕

—遊志　4-11
—遊　6-6
—遊已得　53-28

〔適〕

—遇　22-5
未—　54-3
—逢　55-9

〔選〕

—中　57-5
時—　63-5

〔遷〕

贈掾公之—任入京　63-11

〔遼〕

—夐　63-9

〔還〕

—媿　4-11
—浮　8-4
—愧　12-8
—至本朝　15-5
吟風—　31-3
—悦　34-4
—笑　48-4
—作　49-4
—是　53-16
不復—　62-10
日暮—　62-12

〔邈〕

器範宏—　5-3

巴阝　部

〔邦〕

建—之時　序1

〔郊〕

商—　33-7

〔郢〕

—曲　33-6

〔郷〕

憶本—　15-9
殊—国　49-4
殊—　53-12
他—　63-18

〔都〕

平—　序14
皇—　53-23

〔部〕

治—卿　5-4, 11-1, 32-1
式—卿　5-9, 53-1
伊与—馬養　20-1
兵—卿　23-1, 27-1, 54-1
刑—卿　25-1
境—王　32-1
刑—少輔　37-1
守—連大隅　48-1

〔鄭〕

—子産　53-17
李将—　53-22

酉　部

〔酌〕

—春觴　5-12
—烟霞　11-4
—醴　16-4
—賢人之酎　42-8
満—　51-4

迪古— 28-3
—公首名 31-1
帝— 39-6
—叶 53-11
西海— 53-37
君— 54-15
釈—慈 57-1, 57-2
—慈啓 57-11
但—慈 57-12
—慈 57-12
釈—融 62-1, 62-2

〔遁〕

—太賓 10-5
—嵆竹 54-16
策杖而— 62-8

〔逾〕

山—静 6-7
明—水鏡 53-13
—入鬢 63-15

〔遊〕

置醴之— 序8
—心文囿 序12
想風月之旧— 序12
澄—席 2-8
慎交—之意 3-7
—目 3-9
—猟 3-11
負担—行 4-5
遨—志 4-11
—龍門山 5-13
—山水 5-14
—山斎 6-6
遨— 6-6, 53-28
優— 7-3
—覧山水 11-2
—息 11-3
遠— 15-10
—天沢 17-5
—吉野 17-9
朝市— 23-4
共— 28-4
—吉野宮 29-2
—魚情 31-4
西園之— 33-9
良— 42-4
以千里羈— 42-6
—鱗戯 43-4
開文— 45-7
—吉野川 46-2, 53-33, 54-20
賞神— 46-9
—吉野川之作 51-2
啓良— 52-3
—南浦 52-11
—吉野山 55-2
—学 57-5
—山野 57-7
少— 62-2
—千里 63-9

〔遐〕

—観載籍 序1
—尋 序13
表—年 60-3

〔遣〕

—斈唐国 4-2
—学唐国 15-3, 57-3
双— 42-9

〔違〕

莫長— 63-13

〔遠〕

弘— 序7
—自 序14
峻— 3-2, 4-7
霞峰— 3-9
風鑒秀— 5-3
柔— 15-7
—遊 15-10
労—国 15-10
既— 28-3
仁趣— 30-5
帰易— 42-11
開—照 44-6
招—使 45-7
蜀星— 49-3
—相阻 53-22
槎路— 53-36
神化— 54-19
憐其—学 57-5
雖— 63-7

留—　11-5, 46-4, 57-3
美努—浄麻呂　13-1
断復—　20-3
黄文—備　36-1
守部—大隅　48-1
吉田—宜　49-1
—珠絡　50-4
大津—首　51-1
麻田—陽春　58-1
塩屋—古麻呂　59-1
伊与—古麻呂　60-1
葛井—広成　64-1

〔逸〕

—文　序14
隠—厺　17-8
—士　53-15
載—老　53-30
縦—気　54-5

〔進〕

因—逆謀　3-5
王子—奏曰　5-6
先—輩　9-4
先—　53-16
精—　62-5

〔逮〕

—乎　序4

〔遏〕

—広楽　13-5
—歌響　36-3

〔運〕

撫—　42-4
祚—　42-14
—冷　54-18

〔過〕

已—半　37-3
数不—　53-4
—神納言墟　54-12

〔逵〕

—与猷　53-22

〔遑〕

未—　序4
不—　57-15

〔遇〕

時—　15-3
賞—　15-3
適—　22-5
相—者　42-4
—時之罕　53-18
罕—　53-24
悲不—　53-29
宜—老　62-13

〔遂〕

—使　序3
—乃　序14
—結姻戚　1-7
天命不—　1-12
—図不軌　3-6
—被髪陽狂　4-4
—不為害　4-5
—恩詔　9-3
—焉如　54-14
—辞官　54-15
—脱俗累　62-4
—策杖而遁　62-8
—有　63-4
—拝大使　63-5
然—不住　63-6

〔達〕

未—　57-12
莫不洞—　62-6

〔遅〕

猶—　12-5
盞—来　33-17
莫—々　51-7

〔道〕

—格　序5
天—無親　1-6
—徳承天訓　1-16
奔蕩—路　4-4
王喬—　5-14
有—　12-3
塩梅—　17-8
論—　26-3

—奏　54-6

〔迫〕

事—　57-13

〔逆〕

莫—之契　2-3
及津謀—　2-3
因進—謀　3-5
—折流　46-3

〔迹〕

神仙—　30-5

〔送〕

—雪　32-3
南浦之—　33-10
—別　41-3
相—　41-4
登臨之—帰　42-11
餞—秋　49-3
初—夏　49-7
—落暉　53-9
—秋光　53-27
蘭—馥　63-9

〔迺〕

—解　53-17

〔追〕

—従　30-5
—節　31-4
—尋　46-6, 61-3
—野坐　47-4
有相—　51-7
—致辞　57-10
—預　57-11

〔迷〕

—此註　3-6
—霧裏　63-16

〔逡〕

乗査—　17-13

〔逝〕

—不留　35-3
—矣　54-18

〔造〕

天—　序1
詠玄—　序11
敷玄—　17-3
—化趣　30-4
兼権—長官　45-1
—大安寺　57-7

〔逐〕

—風　8-10
—波浮　17-16
腰—　18-4
—吹流　23-4
—石廻　24-4
幸—　30-3
共—風　39-4
—河辺　47-7
—蘭期　47-10
—望新　55-3

〔通〕

博学多—　1-8
莫—　17-10
—而　42-5
将神—　56-3
妙—　57-3

〔逖〕

—聴前修　序1

〔逢〕

事迎—　4-10
忽—　12-8
一—秋　17-15
—拓民　29-3
欣—　36-4
—七百　42-14
—槎洲　46-4
何—　53-22
難—　53-24
—仙　55-7
適—　55-9
誰—　63-13

〔連〕

且留—　3-13
乍留—　10-7

—錦　53-6
自—余　61-6
—蟬　63-10

〔載〕

遐観—籍　序1
—天地　1-14
倒—帰　3-10
足—冕　8-6
誰—　47-5
智—　53-13
—逸老　53-30

〔輔〕

惟善是—　1-6
刑部少—　37-1
中宮少—　64-1

〔輾〕

—悼傷懐　序10
—示寸心之歎　53-20

〔輩〕

先進—　9-4

〔輪〕

沈去—　8-3

〔輿〕

乗—　59-3

辛　部

〔辛〕

—卯　序17

〔辞〕

—義俊遠　4-7
—夏色　4-14
—栄去　54-13
遂—官　54-15
追致—　57-10
以—　57-15
—塵俗　61-6
—義　62-5

辰　部

〔辰〕

—爾　序3
衛北—　26-5
嘉—　19-3, 25-3
芳—　50-7
浹—　62-6

辵辶　部

〔辺〕

日—　15-10
田—史百枝　22-1
逐河—　47-7
花—　53-6
—亭夕　53-21
—国　53-23
倦—兵　53-38
照無—　65-5

〔近〕

—此姧竪　3-6
玄圃—　17-11
—江守　26-1
—江　58-3

〔迎〕

事—逢　4-10
偏—　15-8
早—秋　49-7

〔返〕

忘—　42-4
—魯　53-14

〔述〕

—懐　1-15, 8-5, 37-2, 38-2, 55-8
—志　3-14
各—　54-8

〔迪〕

—古道　28-3

〔迭〕

〔路〕

泉— 3-19
奔蕩道— 4-4
闇雲— 44-10
飛雲— 52-4
岐— 52-6
槎—遠 53-36
山— 61-3
—険易兮 62-10
嶮易— 63-19
対山— 64-4

〔踊〕

夏— 50-6

〔踏〕

既舞— 33-9

〔踰〕

未— 62-6

〔蹊〕

咲而成— 54-7

〔蹕〕

降—之世 序1
清— 10-6
仙— 20-3
駐— 56-4

〔蹔〕

—以 11-3
—投簪 53-34

〔躍〕

—潜鱗 13-3
—水浜 22-3
—潭鱗 55-3
—錦鱗 64-3

身　部

〔身〕

光— 序6
不全— 3-5
保— 3-6
夏— 17-12
薫帯— 22-4
軒冕之栄— 54-5
抽— 57-17

〔躬〕

撫—之驚惕 57-14
在単— 57-19

〔躯〕

計全—之方 4-4

車　部

〔車〕

仙— 35-4
習池— 47-5
龍— 52-4
五— 53-13
—馬疎 54-14

〔軌〕

遂図不— 3-6
文— 42-5

〔軒〕

披— 12-3
—冕之栄身 54-5

〔転〕

随風— 17-16
—入曲 29-4
風— 33-7
—蓬憂 45-8
展— 63-19

〔軽〕

蒙於—嶋 序3
同伴—蔑 4-5
悦登— 6-4
—球琳 12-3
—烟 13-4
泛—鱗 19-3
—松筠 27-4
済光— 32-3
曲浦— 39-6
曲中— 50-3

後者— 9-4
太— 10-5
吉— 17-12
桃源— 29-4
混—主 33-5
嘉— 39-3
—客 51-7
慰我之— 53-7
—是 54-21
湌霞— 54-21

〔賢〕

—臣 序9
没— 17-8
半千— 41-6
酌—人之酎 42-8
—者 53-30
一愚— 60-3

〔贈〕

—正一位 17-1, 52-1
—別 52-7
—倭判官 53-10
今—一篇之詩 53-19
—在京故友 63-8
—掾公之遷任入京 63-11
—旧識 63-14

赤　部

〔赤〕

—雀 3-17
—鱗魚 50-6

走　部

〔赴〕

—彼高会 57-13

〔起〕

論雖蜂— 4-7
嚢珠— 8-9

〔越〕

時呉—之間 4-2
—清流 35-4
—智直広江 37-1
—潭跡 46-4
河難— 47-8
—漢流 52-4
—千禩 52-9

〔超〕

—然 55-4
—潭 55-7

〔趙〕

—発 50-6

〔趣〕

朝野— 6-7
智—広 10-3
瀛洲— 10-8
雅— 16-3
閑居— 23-3
仁— 24-3
造化— 30-4
仁—遠 30-5
新知— 49-4
多幽— 55-4

〔趨〕

人— 序3

足　部

〔足〕

不—憂也 1-7
年雖— 8-6
石川朝臣石— 24-1
—忘徳 24-5
中臣朝臣人— 29-1
息長真人臣— 34-1
田中朝臣浄— 43-1
留驥— 53-13
高向朝臣諸— 56-1
—飢嚨 57-16
安—以留意 62-4

〔跡〕

古人之遺— 序12
張騫— 30-3
越潭— 46-4

近此訏—　3-6

豸 部

〔貌〕

状—魁梧　3-2

貝 部

〔貞〕

—質　6-3
高—節　6-4
松竹之—　53-17

〔負〕

—檐遊行　4-5
—霜落　23-4

〔貢〕

職—　52-6

〔貪〕

有—心　14-4
—名　54-3
—瞋難　62-9

〔貧〕

愧才—　45-5
徒然—　53-32
我久—苦　62-3

〔買〕

朱—臣　53-32

〔賀〕

—殷解網仁　26-3
同—　28-4
—五八年　41-5
—五八年宴　60-2

〔貴〕

木素—子　1-10
忘—賤　33-5
—戚　60-3

〔賛〕

式—　33-10

〔賜〕

厚賞—　15-5

〔質〕

貞—　6-3
宝—　53-19
改—　57-14

〔賞〕

縦—　11-5, 41-6
—遇　15-3
厚—賜　15-5
仁智—　23-4
—無倦　27-4
今日—　32-4
琴罇之—　33-3
—芳春　38-3
叶幽—　40-3
—而　42-4
金蘭—　44-6
—神遊　46-9
開桂—　47-10
—叵舒　50-7
—有餘　54-10
随臨—　55-3
優—　57-5
—河津　64-4

〔賤〕

忘貴—　33-5

〔賦〕

—得風字　39-2
—得稀字　41-2
—得前字　42-2
—得烟字　44-5
—得流字　45-6
—得時字　47-9
—得秋字　49-2
—得難字　52-5
能—　54-8
能莫—　61-6

〔賓〕

以為—客　1-10
無—主　3-19

—道　26-3
濠梁—　31-4

〔諫〕

奉—餘　54-13

〔謂〕

意—　9-3
莫—　44-7
誰—　56-4

〔諧〕

是—私願　54-4

〔謀〕

及津—逆　2-3
因進逆—　3-5
—立日嗣　5-5

〔謹〕

—裁　57-15
—至　57-15

〔謡〕

時—　27-3

〔講〕

—肆　57-3
令—　57-4
敷—　62-6

〔謝〕

已—　33-12

〔譁〕

風響—　47-5

〔譬〕

—如　53-16

〔識〕

—魚在　14-4
無—　53-16
贈旧—　63-14
期不—　63-16

〔議〕

時—者　1-11
—者　2-4
衆—紛紜　5-6

〔譴〕

朝—　63-3

〔読〕

世—　62-6

〔讌〕

長王宅—　47-2
侍—　50-2

谷　部

〔谷〕

暉—裏　3-13
鶯—新　38-3
金—室　44-9
臨幽—　45-7
嘯—　46-6
於金—　53-4
—閑　58-3

〔豁〕

倶—笑　3-12

〔谿〕

—昿　30-4
三舟—　49-6
巌—　55-3, 61-3

豆　部

〔豈〕

—有如此事乎　1-6
—若　10-5
—独　20-5
—難期　40-4
—非　54-8

〔豊〕

—宮宴　19-4

〔豎〕

催一人　7-3
一書　53-14
一篇之一　53-19
五首一　62-8
北征一　63-12
一興　63-12

〔試〕

総百撥以一之　1-8
臨於一業　4-7
一庸短　39-7
一出　61-3

〔詳〕

未一厚薄　2-4

〔註〕

迷此一娯　3-6

〔語〕

具一　1-5
一徳　26-3
将孫一　46-6
言一　52-7
寄一　53-23

〔誤〕

迷此註一　3-6

〔誦〕

一英俊　11-4

〔説〕

誰一　29-4

〔諸〕

以降一人　6-1
高向朝臣一足　56-1

〔誰〕

一論　3-10, 10-8
一家向　3-19
一能敢測　5-7
一敢間然乎　5-8
一言　10-4
一不楽　13-5
一知　18-4
一不仰　25-4
一説　29-4
一慰　33-15
一載　47-5
一能　47-8
一得　53-3
一云易　54-15
一謂　56-4
一逢稀　63-13

〔請〕

一染翰　42-12
一入　57-4

〔謬〕

錯一　52-11

〔談〕

添一論　10-4
如一倫　11-5
善一論　15-2
清一　33-5
登一叢　39-3
広一　57-4
一吐　57-12
一与　63-18

〔調〕

一風　序6
一忌寸老人　16-1
含一激　33-12
一忌寸古麻呂　40-1
一秋序　41-3
我一絃　53-23
一黄地　60-4

〔諒〕

一難同　57-16

〔論〕

出言為一　1-11
誰一　3-10, 10-8
一雖蜂起　4-7
仰一天心　5-7
莫一攀桂期　6-7
添談一　10-4
善談一　15-2
何一　23-4

46-8, 47-2, 47-6, 47-9, 48-2, 49-2, 49-5, 50-2, 50-5, 51-2, 51-5, 52-2, 52-5, 52-8, 53-2, 53-29, 53-33, 53-37, 54-2, 54-12, 54-17, 54-20, 55-2, 55-8, 56-2, 57-8, 57-10, 58-2, 59-2, 60-2, 61-2, 61-5, 63-8, 63-11, 63-14, 63-17, 64-2, 64-5, 65-2
七—　3-14, 12-2, 46-2, 53-10, 53-26, 55-5
妖—　4-7
寡—晤　4-10
秋日—志　4-12
欲有—　5-8
嘉其一—　5-9
大納—　6-1, 7-1, 28-1
中納—　9-1, 45-1, 55-1, 63-1, 63-2, 63-6
誰—　10-4
山斎—志　23-2
—尽　33-11
—笑　42-8
形—　42-12
—皈日　49-3
無—語　52-7
—志　53-8
忘—　53-11, 53-24
我一得之—　53-19
寄—　54-11
過神納—墟　54-12
願—　59-4

〔計〕

—全躯之方　4-4

〔記〕

未得伝—　6-1

〔訓〕

道徳承天—　1-16

〔託〕

人多付—　3-4

〔許〕

—率母　1-10
共—親　46-6

〔設〕

—爵　序4
—仙蓹　21-4
—席　39-3
制—　53-14

〔訪〕

欲—　30-5, 46-4
歴—　57-3

〔訳〕

教於—田　序3

〔詠〕

—玄造　序11
—孤松　6-2
—月　8-2
—雪　8-8
共—　16-5
—美人　18-2
韻添—　22-4
—兮　42-11
或吟或—　54-4
—裨叡山　58-2

〔詞〕

—人間出　序10
音—雅麗　4-7
鳳楼—　47-11
其—曰　53-20
属—談吐　57-12

〔詔〕

—皇子曰　3-4
応—　7-2, 9-2, 10-2, 13-2, 16-2, 17-2, 17-6, 20-2, 21-2, 22-2, 24-2, 26-2, 27-2, 30-2, 39-5, 44-2
遂恩—　9-3
特優—　15-5
天子下—　53-15
—簡　63-4

〔詩〕

〔要〕

三蔵—義 4-4
自— 65-5

見　部

〔見〕

—而異曰 1-3
独— 14-4
屢— 15-3
—天子 15-5
今之— 17-12
何— 53-22
石—守 58-1
偶— 62-3
未— 62-4

〔規〕

—摹 序7
奉— 54-15

〔覚〕

不— 序13
—而驚異 1-5
—潭深 14-4

〔覔〕

—仙場 53-28

〔親〕

天道無— 1-6
以—愛之 1-7
始—万機 1-9
背君— 2-5
十市内—王 5-3
予国— 15-7
共許— 46-6
幽隠— 64-3

〔覧〕

博— 3-3
聴—隙 10-5
遊—山水 11-2
玄— 16-3
無披— 62-5

〔観〕

遐—載籍 序1
臨水—魚 14-2
—万国 17-3
両—夕 17-15
周— 62-6

角　部

〔解〕

—天文卜筮 3-4
—網仁 26-3
廼— 53-17
—任帰 57-7

〔触〕

風霜— 53-25

〔觴〕

但事酌春— 5-12
—兮 42-11
泛鸞— 43-4

言　部

〔言〕

—念 序10
神納— 序11
出—為論 1-11
五—　1-13, 1-15, 2-7, 3-8, 3-11, 3-18, 4-9, 4-12, 5-10, 5-13, 6-2, 6-5, 7-2, 8-2, 8-5, 8-8, 9-2, 10-2, 11-2, 12-6, 13-2, 14-2, 15-6, 15-9, 16-2, 17-2, 17-6, 17-9, 17-14, 18-2, 19-2, 20-2, 21-2, 22-2, 23-2, 24-2, 25-2, 26-2, 27-2, 28-2, 29-2, 30-2, 31-2, 32-2, 32-5, 33-2, 33-13, 33-16, 34-2, 35-2, 36-2, 37-2, 38-2, 39-2, 39-5, 40-2, 41-2, 41-5, 42-2, 43-2, 44-2, 44-5, 44-8, 45-2, 45-6, 46-5,

宇宙之— 42-8
—遐年 60-3

〔衿〕

開—臨霊沼 3-9
神— 10-6, 52-3
聖— 24-3, 34-3, 45-3, 48-3
敬愛之沖 33-3
分—易 52-6
開— 53-7, 63-16

〔衲〕

—衣 57-16, 62-13

〔衰〕

吾— 54-18
九月— 58-6
槐樹— 63-12
蘭蕙— 63-15

〔袖〕

舞— 24-5
移舞— 44-10

〔裡〕

夢— 12-5
葉—陳 13-4
雲— 15-10

〔被〕

遂—髪陽狂 4-4
—千古 34-4
—万国 39-6

〔裁〕

—四韵 54-8
謹— 57-15

〔裕〕

志懐温— 2-2

〔裏〕

暉谷— 3-13
園— 8-10
天—麗 39-7
葉— 52-7
対曲—之長流 53-5
酔— 53-9
一生— 53-38
風湿— 62-12
迷霧— 63-16
寝— 63-18

〔裔〕

南—怨 63-12

〔裘〕

布—纏 65-5

〔裾〕

已芳— 50-7

〔裨〕

詠—叡山 58-2
—叡 58-3

〔裳〕

智不敢垂— 8-6

〔褰〕

—簾 12-3
—帷 53-21

〔襟〕

開— 4-6
沖— 54-3
披— 57-18

〔襲〕

—山 序1
以—天位 5-6

襾　部

〔西〕

臨—舎 3-19
正—東 30-3
—園之遊 33-9
飛—傷之華篇 42-12
—園 43-3
—使 49-3
—海道節度使 53-37
—海行 53-38
遊学—土 57-5

虫　部

〔虫〕

乏雕—　4-11
下毛野朝臣—麻呂　42-1
箭集宿禰—麻呂　50-1

〔蜀〕

—星遠　49-3

〔蜂〕

論雖—起　4-7

〔蝶〕

闘素—　7-4
舞—新　11-3
—先舞　12-5

〔蛍〕

—雪志　55-9

〔融〕

竹鳴—　30-4
釈道—　62-1, 62-2
従—始也　62-6

〔螽〕

—斯徵　60-4

〔蟬〕

寒—　12-8, 33-7, 42-15
驚秋—　20-4
—声　23-4
—息　45-8
—音寒　52-7
軽—　63-10

〔蟻〕

於浮—　33-5

〔蠧〕

餘—　序14

血　部

〔衆〕

—皆嗤笑　4-7
—議紛紜　5-6
為—所懽　57-3
—僉悦服　63-5

行　部

〔行〕

新羅僧—心　3-4
負担遊—　4-5
周—士　17-5
—雨下　18-3
—年　37-3
背奈王—文　39-1
—楽　53-3
西海—　53-38
—人　53-38
—々異　61-4
苦—　62-5

〔術〕

羞無監撫—　1-16

〔衛〕

—北辰　26-5

〔衡〕

張—林　53-35

衣衤　部

〔衣〕

朱—老翁　1-4
雲—　17-15
舞—　27-3
鳴—玉　33-15
鶉—　47-4
蘿—　53-28
雲—落　54-11
衲—　57-16, 62-13
宝珠之在—中　62-4

〔表〕

高麗上—　序2
万国—臣義　1-14

〔薄〕

—官　序12
—其才情　2-3
厚—　2-4

〔蕭〕

—瑟　12-4

〔薨〕

—後　5-5

〔蔵〕

釈智—　4-1
智—師　4-2
三—要義　4-4
春日—首老　38-1
三—之玄宗　57-3

〔薦〕

羅—　42-7
風蘋—　54-19

〔藤〕

—太政　序11
—原内大臣　1-5
—原朝臣史　17-1
攀—　46-6
—原太政　51-2
—原朝臣総前　52-1
—原朝臣宇合　53-1
—原朝臣万里　54-1
和—江守　58-2
—太政　64-2

〔蘊〕

—彼良才　3-6

〔藻〕

褥—　序13
文—日新　1-11
花—陳　7-4
花—　11-4
振—　33-10
文—　37-3
乱—浜　44-10
振雅—　52-3
写心文—　63-4
銜悲—両巻　63-4

〔藹〕

北林—　42-10

〔蘋〕

周池—　52-11
風—薦　54-19

〔蘆〕

—花落　33-7

〔蘭〕

—生折—人　17-7
紫—　33-8
照—洲　35-3
金—席　40-3
芝—　42-7
—香　44-4
金—賞　44-6
—筵新　45-4
遂—期　47-10
照—麗　52-10
芝—之馥　53-17
芝—之契　53-22
霑—　53-27
—蓀沢　53-34
—蕙　54-6
珮楚—　54-16
金—　59-4
—送馥　63-9
—蕙衰　63-15

〔蘿〕

薜—中　17-10
—薜　33-4
石壁—衣　53-28
結—　57-17

虍　部

〔虞〕

共—隣　26-3
—葵　33-12

〔慮〕

不—　54-5

—裏 52-7

〔落〕

葉— 6-7
鳴泉— 9-4
—雪 12-4
日— 19-5, 54-7
—夏槿 20-4
負霜— 23-4
—梁塵 24-5
—塵 33-6
蘆花— 33-7
虞葵—扇飄 33-12
揺—之興 42-10
—露鮮 44-7
半—軽錦 53-6
送—暉 53-9
揺—秋 53-21
雲衣— 54-11
—餝 57-12, 62-4
三秋— 58-6
顧—景 63-13
楓声— 64-4
—照 64-6

〔蓋〕

鳳— 17-16, 46-6
鶴— 47-4
松— 53-28
—各言志 53-8

〔蓹〕

設仙— 21-4
泛仙— 44-3

〔蒼〕

—天麗 26-4
—烟生 42-10

〔蒙〕

—於軽嶋 序3
—厚仁 13-5
濫— 57-11

〔蓀〕

蘭—沢 53-34

〔蓬〕

入—瀛 5-14
転—憂 45-8

〔蕙〕

芝— 53-34
蘭— 54-6
蘭—衰 63-15

〔薫〕

—風 10-7, 17-7
—帯身 22-4
—吹 50-3

〔薜〕

—蘿中 17-10
蘿— 33-4

初披— 53-34

〔蓮〕

峰舒— 20-4

〔蓂〕

—日 10-7
—草栄 50-4

〔蔡〕

時窮— 54-18

〔蔑〕

同伴軽— 4-5

〔蔽〕

—寒体 57-16

〔蕊〕

梅— 50-7

〔蕩〕

性頗放— 3-3
奔—道路 4-4
—而満目 54-6
—然 63-7

〔蕃〕

戎— 15-7

〔藪〕

厷幽— 17-8

紀末―　14-1
樹―　39-7

〔荊〕

―助仁　18-1

〔荒〕

―茫　54-6
飄寓南―　63-3, 63-8

〔茲〕

自―以降　序10, 6-1
因―　4-14, 62-7
―時　41-7
―択　53-15
―地　62-13

〔荏〕

―苒　58-5

〔草〕

―創　序1
異万―　6-4
―也　42-10
積―春　44-9
―秀　45-4
将滋―　47-4
蓂―栄　50-4
積―墀　58-6
寒―　58-6
―廬　62-12

〔華〕

光―節　19-3
雕―　33-4
―閣　35-4
文―　40-3
―夷　42-5
飛西傷之―篇　42-12
開景―　47-3
日―　51-6
法―経　62-3
清―　63-2

〔莫〕

―尚於文　序6
―不粛然　1-9
為―逆之契　2-3
―不驚駭　4-8
―相驚　4-14
―論攀桂期　6-7
接―通　17-10
―謂　44-7
―遅遅　51-7
能―賦　61-6
―不洞達　62-6
―長違　63-13

〔菩〕

―提修法　62-7

〔菊〕

傾―酒　32-6
―風　35-3
―気芳　43-4
―浦　44-7
浮―酒　45-8
泛―　53-27

〔葛〕

―野王　5-1
―井連広成　64-1

〔葵〕

虞―　33-12
採―　53-11

〔萍〕

緑―沈　14-3

〔葉〕

織―錦　3-15
茂―　6-4
―落　6-7
―裡陳　13-4
稲―　23-4
―緑　26-4
竹―清　32-3
竹―　39-6
柳―飄　33-7
黄―　33-11
鳴―後　42-15
―已涼　43-3
柏―　48-3
―黄　49-7

—樹 52-10
酔— 53-4
—辺 53-6
梅—雪 59-4
霜— 63-15
梅—坐 65-4

〔芬〕

—芳 53-7

〔芳〕

撫—題 序13
—春節 4-10
物候— 4-13
掃—塵 7-4
此—春 11-5
梅— 12-5
潤—春 13-3
—餌下 14-4
開—苑 22-4
動—春 24-3
—塵 25-4
沐—塵 26-5
—筵 31-4
賞—春 38-3
命—筵 42-6
北梁之—韵 42-12
菊気— 43-4
啓—春 45-3
—梅 47-3
—舎 47-5
翫—春 48-3
開—序 50-3
已—裾 50-7
—辰 50-7
—夜 53-5
芬— 53-7
—月 53-9
自有— 53-27
尋昆弟之—筵 54-4
仰—猷 54-19
闌—縁 58-4
—猷 63-7

〔英〕

飛—声 序12
誦—俊 11-4
点—人 22-4
満—才 24-3
—声 52-9
伯—書 54-10
—材 57-2

〔苑〕

春—宴 3-8
歩金— 3-9
入— 5-11
梅—側 16-4
春—応詔 22-2, 24-2
開芳— 22-4
禁—新 24-4
望— 31-3
—中栄 39-7
桃—香 45-4
曹王 64-6

〔茅〕

—淳 46-4

〔苦〕

—長安 15-10
我久貧— 62-3
—行 62-5
—雲垂 63-16

〔若〕

—兄弟相及 5-7
—柳絮 8-9
豈— 10-5
地— 40-4
—一啓 54-16
仁王般— 57-4
—夫 57-14

〔苔〕

—水深 3-9
—揺 14-4

〔苒〕

—々秋云暮 43-3
荏—去 58-5

〔茂〕

徴—才 序6
騰—実 序11
—葉 6-4

舟　部

〔舟〕

泛月—　序11
月—　8-3
仙—　24-4
映彩—　33-15
三—谿　49-6

〔航〕

梯—使　52-6

〔般〕

仁王—若　57-4

〔舩〕

—渡　14-3

艮　部

〔良〕

蘊彼—才　3-6
—酔徳　10-4
愛—節　24-3
采女朝臣比—夫　26-1
開—宴　38-3
—遊　42-4
—為酔　51-7
啓—遊　52-3
—友　53-4
乗—節之已暮　54-4
—得所　59-4

色　部

〔色〕

夏—　4-14
春—　10-3, 10-6
夏—古　17-12
分綺—　33-5
春—深　36-3
花—　38-3
物—　42-11
霞—　43-4
月—　44-3
浮春—　47-3
万古—　58-5

〔艶〕

商気—　31-3

艸艹　部

〔芝〕

—蘭　42-7
—蘭之馥　53-17
—蘭之契　53-22
—蕙　53-34

〔芒〕

荒—　54-6

〔花〕

翫—鶯　4-9
—笑叢　4-11
—藻陳　7-4
雪—　8-9
看—李　8-10
笑—新　9-4
—藻　11-4
—早臨　12-5
桃—映　13-4
折—　16-4
年—　17-4
—気新　19-5
梅—　21-3, 22-4
野—秌　23-3
—開　24-4
—紅　26-4
—将月共新　27-4
—鳥　29-5
梅—笑　32-3
蘆—落　33-7
燭—　36-4
—色　38-3
—枝染　38-3
桃—　39-6, 57-18
—舒　45-4
未笑—　47-4
飛—映　47-7
椒—　48-3
冬—　48-4

—茲　序10, 6-1
遠—淡海　序14
—終　3-7
—然定矣　5-8
—春　19-3
—顧　39-7
—抜　42-8
—忘塵　51-4
—遺　53-15
—昔　53-18
—我　53-21
—有芳　53-27
猶—短　53-28
—得　53-36
本—難　54-15
—軽余　61-6
—此以下　62-8
—登台位　63-6
須—怜　65-3
—要　65-5

〔臭〕

末催—　53-27

至　部

〔至〕

—於　序2, 57-12
及—　序5
捧日而—　1-4
時不—　3-17
老将—　5-12
仕—大夫　15-4
還—本朝　15-5
—徳　25-3
初涼—　52-3
老之将—也　54-7
謹—　57-15

〔致〕

得歓娯之—　42-5
追—辞　57-10

臼　部

〔旧〕

想風月之—　序12
寂—墟　54-13
之—禅処　58-2
贈—識　63-14

〔興〕

—百度　序7
則乱従此—　5-7
揺落之—　42-10
—未已　47-5
詩—　63-12

舌　部

〔舎〕

臨西—　3-19
芳—　47-5

〔舒〕

峰—蓮　20-4
花—　45-4
賞叵—　50-7
桃錦—　54-11
—斉紈　59-3
桂—陰　63-9

舛　部

〔舜〕

十尭—　7-5

〔舞〕

—蝶新　11-3
蝶先—　12-5
率—　13-5
—庭　20-4
—袖　24-5
—衣　27-3
既—踏　33-9
染—巾　44-4
移—袖　44-10
青鸞—　50-6
歩—場　53-7
妙—　59-3

—賦 54-8
—莫賦 61-6

〔脱〕

遂— 62-4

〔腋〕

従—底出来 1-4

〔勝〕

誰得—地 53-3

〔腹〕

鼓— 16-5
隆— 46-9

〔腰〕

—遂 18-4

〔膝〕

促—難 52-6

〔臠〕

喫— 3-12

臣　部

〔臣〕

賢— 序9
藤原内大— 1-5
然—平生日 1-6
—聞 1-6
—有息女 1-7
太政大— 1-8, 17-1
万国表—義 1-14
忠—之雅事 2-4
人—之祖 3-5
時群— 5-5
中—朝—大島 6-1
紀朝—麻呂 7-1
大神朝—高市麻呂 9-1
—是 9-4
巨勢朝—多益須 10-1
紀朝—古麻呂 12-1
藤原朝—史 17-1
施群— 21-3
大神朝—安麻呂 23-1
石川朝—石足 24-1
采女朝—比良夫 26-1
安倍朝—首名 27-1
中—朝—人足 29-1
息長真人—足 34-1
下毛野朝—虫麻呂 42-1
田中朝—浄足 43-1
左大— 44-1, 52-1, 63-2
安倍朝—広庭 45-1
紀朝—男人 46-1
藤原朝—総前 52-1
藤原朝—宇合 53-1
楚— 53-16
朱買— 53-32
藤原朝—万里 54-1
—義 54-15
高向朝—諸足 56-1
石上朝—乙麻呂 63-1

〔臥〕

—病 9-3
—巌中 57-17

〔臨〕

—四海 1-16
—霊沼 3-9
—終 3-18
—西舎 3-19
—於試業 4-7
—野池 6-6
—短章 8-7
—水 10-3, 14-2, 32-6, 38-3, 51-6, 54-21
—流水 17-13
降— 10-6
花早— 12-5
—兆民 17-3
登—之送 42-11
—幽谷 45-7
—池 53-9
随—賞 55-3
—空構 58-4
—淵 63-3

自　部

〔自〕

修法施— 62-7
市井之事— 62-7

〔聊〕

—乗休暇景 5-11

〔聖〕

—徳太子 序4
—朝 1-5
—嗣 5-8
無為—徳 12-3
惟—塵 17-5
—情 22-3
—衿 24-3, 34-3, 45-3, 48-3
—主沢 28-4
則—日 36-4
百万— 41-6
—時 42-14
—予 50-3
—教 52-9
—代 54-3
持—徳 57-9

〔聞〕

臣— 1-6
与風— 3-10
昔— 31-4
—夫 53-15

〔聡〕

—敏 57-2

〔聴〕

逖—前修 序1
—秋声 4-14
—炑風 63-19
—覧隙 10-5

〔聯〕

後人—句 3-16

〔職〕

—貢 52-6

聿 部

〔粛〕

莫不—然 1-9
南亭— 42-10

〔肆〕

浄大— 5-4
—筵 52-11
講— 57-3

〔肇〕

—制 序4

肉月 部

〔肩〕

無息—之地 42-12
亦比— 42-14

〔股〕

—肱 25-4

〔肱〕

股— 25-4

〔肥〕

—後守 31-1

〔胡〕

静—塵 15-7
倦—塵 53-31

〔背〕

—君親 2-5
—奈王行文 39-1

〔能〕

安—臨四海 1-16
—属文 3-3
—撃剣 3-3
三—士 3-12
兼—書画 5-4
誰—敢測 5-7
—智亦—仁 29-3
何— 39-7
誰— 47-8
而— 53-8
三—逸士 53-15

老　部

〔老〕

朱衣—翁　1-4
—将至　5-12
調忌寸—人　16-1
庄—　37-3
春日蔵—　38-1
載逸—　53-30
—之将至也　54-7
養—二年　57-6
宜遇—　62-13
歎—　65-2

〔考〕

先—之旧禅処　58-2
我先—　58-4

〔者〕

作—　序15
意—　序16
皇太子—　1-2
時議—　1-11
皇子—　2-2, 3-2
議—未詳厚薄　2-4
奉公—　2-4
厚交—　2-5
陥其塗炭—　2-5
智蔵師—　4-2
王子—　5-2
後—賓　9-4
弁正法師—　15-2
昔—　17-12
沐恩—　25-4
好事—　42-4
相遇—　42-4
帝—仁　51-3
賢—　53-30
釈道慈—　57-2
釈道融—　62-2
石上中納言—　63-2

〔耋〕

—翁　65-3

而　部

〔而〕

然—　序4
既—　序6
—餘翰斯在　序13
—遥憶　序13
—遐尋　序13
見—異日　1-3
捧日—至　1-4
覚—驚異　1-5
—奉公者　2-4
背君親—　2-5
—陥其塗炭　2-5
博覧—能属文　3-3
多力—能撃剣　3-3
少—好学　5-3
唱—　33-7
度—　33-7
賞—　42-4
懐—　42-4
通—　42-5
備—　42-5
披鳳閣—　42-6
俯雁池—　42-6
—繁陳　42-6
紛—交映　42-7
去三尺—　42-7
敷一寸—　42-8
下—　42-10
—催扇　53-7
—開衿　53-7
—能　53-8
然—　53-17
蕩—満目　54-6
咲—成蹊　54-7
既—　54-7
少—出家　57-2
遂策杖—　62-8

耳　部

〔耳〕

悖徳之流—　2-5
匪今日—　53-18
匪今—　53-24
狂生—　54-3
—目　57-15

—稲津 55-4
錦絅— 65-5

〔羞〕

—無監撫術 1-16
珍— 33-4
—穢 57-15

〔着〕

—漆秘封 4-4

〔義〕

礼— 序4
表臣— 1-14
写三蔵要— 4-4
経典之奥— 4-6
辞—峻遠 4-7
—存伐木 53-11
臣— 54-15
—学 57-4
辞— 62-5

〔群〕

—下畏服 1-9
—公 3-10
時—臣 5-5
施—臣 21-3
沾—生 39-6

羽 部

〔羽〕

—爵 33-5

〔翁〕

朱衣老— 1-4
耋— 65-3

〔習〕

—池車 47-5

〔翕〕

—欣戴之心 42-5

〔翔〕

—雲鶴於風筆 序10
—已帰 12-8
—台下 22-3
留—鶴 24-5

〔翠〕

孤松— 6-3
浮—烟 10-8
巌上— 17-11
—烟心 36-4
双吐— 44-9
—柳 53-6

〔翥〕

鳳—天皇 序11

〔翫〕

—花鶯 4-9
—鶯梅 5-10
未— 11-5
対— 17-11
攀— 23-3
堪沈— 29-5
—芳春 48-3
—千秋 52-3
為— 54-3
夕— 55-3

〔翰〕

宸— 序9
餘— 序13
請染— 42-12
染— 53-4
愛篇— 63-3

〔翼〕

繍—経 10-6
同心之— 33-8
非同— 53-31
度峰— 55-3

〔翻〕

—知 17-11

〔耀〕

眼中精— 1-2
澄流— 8-3
—三春 17-4

〔縈〕

—巌岫　12-4

〔縦〕

—賞　11-5, 41-6
—横　42-8
—逸気　54-5
天—　54-19
—歌　54-21

〔縟〕

攀—藻　序13

〔繁〕

—陳　42-6
—絃　59-3

〔繍〕

—翼徑　10-6

〔織〕

—葉錦　3-15
星—室　47-7
—女河　64-6

〔編〕

龍—　序2

〔繳〕

飛—　53-35

〔繽〕

—紛　52-11

〔纊〕

旒—　序8

〔纏〕

布袠—　65-5

缶　部

〔罇〕

琴—之賞　33-3
—五　45-3
琴—興　47-5
琴—宜　51-7
琴—促　52-6
左右琴—　53-7
琴—何日断　53-9
—傾人酔　54-7
琴—罷　54-14

〔罍〕

雲—　11-4
金—　54-19

网罒　部

〔罕〕

遇時之—　53-18
忘言—遇　53-24

〔罔〕

—知攸措　57-11

〔置〕

—醴之遊　序8
—酒
34-3, 44-8, 47-10, 54-2

〔罷〕

琴罇—　54-14

〔羅〕

新—僧　3-4
雲—　8-9
雲巻—　20-4
宴新—客 33-2, 39-2, 40-2, 41-2, 42-2, 44-5, 45-6, 47-9, 49-2, 52-5
—薦　42-7

羊　部

〔美〕

—努連浄麻呂　13-1
詠—人　18-2
—稲　46-4, 55-7
尽善尽—　53-5
—玉　53-24

〔紫〕

凝—宮 13-3
御—宸 17-3
陪—宸 17-8
—閣 24-3
—蘭 33-8
—庭 44-3
—殿 50-4

〔終〕

—敷 序3
位—于浄大参 2-6
自— 3-7
臨— 3-18
—作 53-19
—不用 54-15
—恶 55-9

〔紹〕

沙宅—明 1-9

〔紳〕

引搢— 34-3

〔累〕

離俗— 57-17
俗— 62-4

〔結〕

遂—姻戚 1-7
—宇 14-3
—雅 31-4
—蘿 57-17

〔絮〕

若柳— 8-9
柳— 12-5

〔絶〕

—— 1-13, 1-15, 2-7, 3-18, 15-9, 37-1, 38-1, 64-5
然毋三—務 8-7
既寂— 16-3
—風牛 49-4
徒— 62-5
雖阻— 65-5

〔絡〕

連珠— 50-4

〔継〕

月将—焉 33-8
—叡情 39-7
—北梁之芳韵 42-12

〔綺〕

分—色 33-5
錦—工 55-9

〔綱〕

拝僧— 57-6

〔緇〕

素— 57-16

〔網〕

解—仁 26-3
殷湯— 52-11

〔緒〕

楽—稀 41-4
—難窮 42-10

〔綜〕

—秦灰之逸文 序14

〔総〕

藤原朝臣—前 52-1
上—守 60-1

〔綴〕

—鉢 57-16

〔緑〕

—萍沈 14-3
葉— 26-4
末吐— 50-7

〔縁〕

—情 54-8
闌芳— 58-4

〔縉〕

—尽 14-4

糟—　62-4

〔精〕

眼中—耀　1-2
—禅処　58-6
—進　62-5

〔糟〕

—粕　62-4

糸　部

〔糸〕

—竹　10-7, 13-5
—響急　30-4
柳—　44-4
飄—柳　45-4
—柳　52-10
長—　53-6
施—帛　62-7

〔紈〕

舒斉—　59-3

〔紀〕

—朝臣麻呂　7-1
—朝臣古麻呂　12-1
—末茂　14-1
—朝臣男人　46-1
叓—筆　53-8

〔紅〕

浪前—　17-11
花—　26-4
映浦—桃　53-6

〔紜〕

衆議紛—　5-6

〔索〕

—神仙　10-5

〔紙〕

天—　3-15
操—　42-12

〔素〕

木—貴子　1-10
—梅　5-11
開—靨　5-11
闘—蝶　7-4
—心　17-13
—庭　24-3
握—　30-4
尽清—　41-7
—涛　46-3
—緇　57-16

〔納〕

神—言　序11
願—後庭　1-7
大—言　6-1, 7-1, 28-1
中—言　9-1, 45-1, 55-1, 63-1, 63-6
過神—言墟　54-12
石上中—言　63-2

〔紛〕

衆議—紜　5-6
—而交映　42-7
繽—周池蘋　52-11

〔絅〕

錦—美　65-5

〔経〕

—乱離　序9
曝涼—書　4-6
—典之奥義　4-6
博渉—史　5-4
—三歳　53-24
法華—　62-3

〔絃〕

共—響　3-10
—即　32-4
別離—　42-15
我調—　53-23
清—　53-24
—歌　54-6
繁—　59-3

〔細〕

楚王—　18-4

事紀— 53-8
下—伯英書 54-10

〔筠〕

軽松— 27-4
韵松— 44-10

〔筵〕

万騎— 3-12
照歌— 10-7
芳— 31-4
充— 33-4
命芳— 42-6
風月— 44-6
蘭—新 45-4
瓊— 52-3
肆— 52-11
昆弟之芳— 54-4

〔筮〕

解天文卜— 3-4

〔節〕

降—礼士 3-4
芳春— 4-10
高貞— 6-4
動春— 16-3
光華— 19-3
愛良— 24-3
追— 31-4
属暄— 34-3
時— 35-3
三元— 44-4
北— 53-31
—度使之作 53-37
乗良—之已暮 54-4
令— 60-4
哀烁— 63-12

〔箇〕

一—之榻 53-12

〔管〕

玉— 10-3

〔箕〕

—帚之妾 1-7

〔箭〕

—集宿禰虫麻呂 50-1

〔篆〕

暉霄— 8-10

〔範〕

風—弘深 1-2
器—宏邈 5-3
慈— 58-5

〔篇〕

未遑—章 序4
非唯百— 序9
凡一百二十— 序15
—首 序15
別愁之— 33-7
飛西傷之華— 42-12
壮思— 44-7
成— 53-8
一—之詩 53-19
愛—翰 63-3

〔簡〕

狂— 33-9
—金科 53-14
—于国中 57-4
詔— 63-4

〔簧〕

—声新 54-22

〔簾〕

褰— 12-3

〔簪〕

蹔投— 53-34

〔籍〕

遐観載— 序1

米部

〔粉〕

—壁外 36-4

〔粕〕

〔窺〕

—鷲　11-4

立　部

〔立〕

—為皇太子　1-9
謀—日嗣　5-5

〔章〕

未遑篇—　序4
憲—法則　序7
雕—麗筆　序9
下筆成—　1-11
臨短—　8-7

〔童〕

有樵—　61-3

〔端〕

垂拱—坐　12-3
忘雲—　15-10
幾万—　52-7
雲—　53-23
性殊—直　62-2

竹　部

〔竹〕

—林風　4-10
—林友　4-14
—浦　9-4
糸—　10-7, 13-5
—鳴融　30-4
—葉清　32-3
—葉　39-6
—林之間　42-9
於—林　53-4
松—之貞　53-17
松—　54-13
遁嵇—　54-16
在—渓山寺　57-10
—渓山　57-18

〔竿〕

標—日　46-9

〔笑〕

倶豁—　3-12
衆皆嗤—　4-7
花—叢　4-11
—花新　9-4
梅花—　32-3
言—　42-8
未—花　47-4
還—　48-4
已含—　51-6
—拈　65-4

〔笙〕

風—　20-5

〔第〕

淡海帝之—二子也　2-2
—園　54-2
左大臣—三子也　63-2

〔笛〕

—浦　64-3

〔策〕

—杖事　4-10
—杖登　57-18
遂—杖而遁　62-8

〔筌〕

忘—　53-35

〔筒〕

盛以木—　4-4

〔等〕

木素貴子—　1-10
同伴僧—　4-3
—氷壺　53-13
五首詩—　62-8

〔筆〕

麗—　序9
於風—　序10
下—成章　1-11
天紙風—　3-15
開—海　39-3

晩—　43-2
—云暮　43-3
明月—　45-8
—光新　46-7
—天　47-10
賦得—字　49-2
餞送—　49-3
早迎—　49-7
翫千—　52-3
九—　53-12
揺落—　53-21
送—光　53-27
仲—釈奠　54-17
—風　56-4
万—　60-3

〔烋〕 → 秋

—光新　8-4
—津　17-12
野花—　23-3
—水清　31-3
曬書—　46-9
哀—節　63-12
—夜閨情　63-17
—風　63-19

〔称〕

材—棟幹　5-3

〔秦〕

—灰之逸文　序14
—氏　15-2

〔移〕

—霧渚　8-3
—舞袖　44-10

〔稀〕

賦得—字　41-2
楽緒—　41-4
誰逢—　63-13

〔税〕

主—頭　36-1

〔稟〕

—和風　57-18

〔稲〕

—葉　23-4
美—　46-4, 55-7
美—津　55-4

〔稽〕

性滑—　15-2

〔穎〕

—秀　4-3, 57-5, 63-2

〔積〕

—草春　44-9
—草墀　58-6

〔穆〕

—々我朝人　17-5
—々四門人　28-3
於—我先考　58-4

〔穢〕

羞—　57-15

穴　部

〔空〕

—墜　序14
—嗟　14-4
碧—陳　26-4
守真—　57-17
臨—構　58-4
恨泣—　63-18

〔窈〕

—窕　33-15

〔窓〕

於—雞　33-5

〔窕〕

窈—　33-15

〔窮〕

亦無—　16-3
緒難—　42-10
時—蔡　54-18

—明　15-7
—仙　16-4
—沢　21-3
大—朝臣安麻呂　23-1
—祇伯　29-1
—仙迹　30-5
—駕　35-4, 47-7
—遊　46-9
—居　49-6
—仙会　52-4
過—納言墟　54-12
—化遠　54-19
—通　56-3
—山　58-3

〔祖〕

—餞　42-7

〔祚〕

—運　42-14

〔秘〕

着漆—封　4-4

〔祥〕

—烟　20-5

〔禁〕

—中　5-5
啓—園　10-3
—苑新　24-4

〔禄〕

千—友　54-21

〔禊〕

上巳—飲　39-5
—庭　39-6

〔禩〕

越千—　52-9

〔禅〕

旧—処　58-2
精—処　58-6

禸　部

〔禽〕

倦—日暮還　62-12

禾　部

〔禾〕

—田氏　4-2

〔私〕

忘—好　2-4
各挟—好　5-5
是諧—願　54-4

〔秀〕

穎—　4-3, 57-5, 63-2
風鑒—遠　5-3
—五彩　17-4
草—　45-4
削成—　46-3

〔科〕

金—　53-14

〔秋〕→ 秌

—日言志　4-12
聴—声　4-14
—宴　12-6, 31-2
啓—声　12-7
—気新　17-12
—逢—　17-15
驚—蝉　20-4
千—　26-5
—夜山池　32-5
—日　33-2, 39-2, 41-2, 42-2, 45-6, 47-9, 49-2, 52-5, 53-26
九—韶　33-11
月桂—　33-14
忽驚—　35-3
初—　40-2
三—　40-3, 58-6
調—序　41-3
夫—風　42-3
—気　42-3

—日本　15-10

矢　部

〔矢〕

自然定—　5-8
日云暮—　33-8
然—　53-18
逝—　54-18

〔知〕

欲—　4-13, 23-3, 32-4, 51-4, 52-4, 61-4
不—　5-12, 54-7
翻—　17-11
誰—　18-4
新—　41-3
新—趣　49-4
幾—　53-3
—人之難　53-18
—己　53-24
徒—　54-6
—我　54-11
罔—　57-11
—別慟　63-10

〔短〕

催—命　3-19
臨—章　8-7
開—楽　17-16
試庸—　39-7

猶自—　53-28

石　部

〔石〕

大—王　21-1
—川朝臣—足　24-1
逐—廻　24-4
泉—　46-7, 61-4
八—洲　49-6
浸—浪　51-3
—壁　53-28
泉—之楽性　54-6
枕—　57-17
—見守　58-1
水—間　62-12
—上朝臣乙麻呂　63-1
—上中納言　63-2

〔砕〕

斜陰—　8-4

〔碁〕

囲—　15-3

〔碧〕

—瀾中　16-4
—空陳　26-4
変—天　60-4

〔磨〕

播—守　21-1

示ネ　部

〔示〕

輒—　53-20

〔礼〕

—義　序4
定五—　序7
降節—士　3-4
—楽　42-5
—儀　53-14
—法士　54-11

〔祇〕

—為　23-4
神—伯　29-1

〔祢〕

大伴宿—旅人　28-1
箭集宿—虫麻呂　50-1

〔神〕

—后　序2
—納言　序11
—代以来　5-6
大—朝臣高市麻呂　9-1
索—仙　10-5
—衿　10-6, 52-3
—功　12-3, 22-3

—酒 39-4
—曲—— 54-4
酒— 57-13

〔益〕

争友之— 2-5
琴—微 6-7
巨勢朝臣多—須 10-1
—嚬眉 63-15

〔盛〕

—以木筒 4-4
珠玉— 7-4

〔盞〕

傾— 3-12
—遅来 33-17
伝— 51-7
香— 57-13

〔監〕

差無—撫術 1-16

〔盤〕

時—桓 10-7

目　部

〔目〕

遊— 3-9
満— 33-4, 54-6
耳— 57-15

〔眄〕

沐恩— 42-6

〔直〕

—大二 6-1
越智—広江 37-1
—以風月 54-3
性殊端— 62-2

〔看〕

—花李 8-10
朝— 55-3

〔盻〕

顧—煒燁 1-2

〔相〕

人臣之— 3-5
莫—驚 4-14
子孫—承 5-6
兄弟—及 5-7
—依 33-6
陳—嘉 35-4
—顧 41-4
—送 41-4
—期 41-6
—遇者 42-4
—召 42-11
——思 47-11
有—追 51-7
遠—阻 53-22
—忘 53-31
—思 63-10
—望 63-13

〔眉〕

—間魄 18-3
未成— 51-6
益嚬— 63-15

〔真〕

塩梅寄—宰 1-16
万歳— 19-5
息長—人臣足 34-1
丹墀—人広成 55-1
守—空 57-17
—理専 58-3
—率 60-3

〔眼〕

—中精耀 1-2

〔睠〕

叡—留金堤 21-3

〔瞋〕

貪—難 62-9

〔瞼〕

咲—飛花英 47-7

〔瞻〕

〔登〕

同伴—陸　4-6
悦—軽　6-4
—望　10-6
—談叢　39-3
—臨之送　42-11
南—　49-3
夫—高能賦　54-8
—峻嶺　57-18
自—台位　63-6

白　部

〔白〕

悲—鬢　序11
已—鬢　9-3
一嶺—　12-4
—雲天　20-5, 53-23
—露　33-11, 42-10, 53-27
—髪年　41-6
—雲　47-11
桂—　49-7
—雲琴　63-10

〔百〕

—済　序2
興—度　序7
非唯—篇　序9
凡一—二十篇　序15
揔—撥　1-8
—味　19-4
田辺史—枝　22-1
以三—之什　33-9
—万聖　41-6
—壺　42-7
逢七—　42-14
—済公和麻呂　47-1
一—人　57-4
—霊　57-9
三—匹　62-7

〔皆〕

衆—嗤　4-7
—屈服　4-8
—有月　39-4
—帝国　54-14
—此類也　63-6

〔皇〕

—猷　序5
鳳翥天—　序11
大友—子　1-1
—太子　1-2, 57-8
—子
1-3, 1-4, 1-8, 2-2, 3-2, 3-4
立為—太子　1-9
—明光日月　1-14
河嶋—子　2-1
大津—子　2-2, 3-1
太后天—　4-5
高市—子　5-5
—太后　5-5, 5-9
弓削—子　5-8
—恩　7-5, 21-4, 34-4, 50-3
文武天—　8-1
—太子学士　20-1, 40-1
頌—沢　26-5
—慈　39-6
—明　42-4
兼—后宮亮　51-1
—都　53-23
—后　62-6

〔皈〕→ 帰

翔已—　12-8
元—本朝　15-4
不—情　32-4
忘—　32-6
思—　42-3
言—日　49-3
不忘—　53-9
—去　54-15
解任—　57-7

〔皐〕

長—向晩　42-9

皿　部

〔盈〕

斉濁—　45-3

〔盃〕

田　部

〔田〕

教於訳―　序3
禾―氏　4-2
―辺史百枝　22-1
山―史三方　33-1
―中朝臣浄足　43-1
吉―連宜　49-1
額―氏　57-2
麻―連陽春　58-1

〔申〕

会壬―之乱　1-12

〔由〕

―是　3-4
接無―　53-22
無―何見　53-22
在―己　62-10

〔男〕

紀朝臣―人　46-1

〔画〕

―雲鶴　3-15
書―　5-4

〔畏〕

群下―服　1-9

〔留〕

―連　3-13, 10-7, 11-5, 46-4, 57-3
―客　18-4
―金堤　21-3
―翔鶴　24-5
不淹―　29-5
逝不―　35-3
―怨　47-8
―在京　53-10
―驥足　53-13
水難―　54-18
―鳳公　56-3
安足以―意　62-4
―心　62-5

〔異〕

見而―曰　1-3
覚而驚―　1-5
灾―　1-7
―万草　6-4
何―　53-14
不―鱗　53-31
―凡類　55-7
全有―　57-13
行々―　61-4

〔畿〕

夫王―　53-3

〔疊〕

―嶺　20-3

疋　部

〔疎〕

有麁―　54-11
車馬―　54-14

〔疑〕

余亦―之　2-6

疒　部

〔疲〕

無―　44-6

〔病〕

臥―　9-3

〔痩〕

―塩　53-16

癶　部

〔発〕

烟霧―　12-7
清談振―　33-5
已―　42-3
趙―　50-6

真一専　58-3

〔琴〕

一益微　6-7
入一台　10-7
一歌　15-8
一瑟　21-4
一酒　22-4
拍桐一　32-6
一罇之賞　33-3
散鳴一　36-3
一樽叶幽賞　40-3
一書左右　42-8
一罇　47-5, 51-7, 52-6, 53-7, 53-9, 54-14
一書　50-6
応一鱗　51-3
一瑟之交　53-22
韵嵆一　53-35
弾一　54-10, 56-3, 63-13
白雲一　63-10
一淵　64-3

〔琢〕

預一玉条　53-13

〔琳〕

軽球一　12-3
一瑯　33-4

〔瑟〕

蕭一　12-4
琴一　21-4
琴一之交　53-22

〔瑯〕

琳一　33-4

〔瑶〕

一水　7-4
一池浜　11-3
一池　13-3
一池上　20-5
一池深　24-4
報瓊一　33-12

〔璋〕

引珪一　43-3

〔瓊〕

報一瑶　33-12
一筵　52-3
入一楼　52-4

〔瓏〕

玲一　33-15

廿　部

〔甚〕

性一骨鯁　57-6
一善風儀　63-3

生　部

〔生〕

平一日　1-6
蘭一　17-7
沾群一　39-6
清一　41-6
蒼烟一　42-10
施品一　50-3
風一　53-17
一一裏　53-38
狂一耳　54-3
死一亦有天　65-4

〔産〕

非鄭子一　53-17

用　部

〔用〕

勿一未安寝　3-17
幸一李陵弓　39-4
何一　41-7, 53-28
仍一　51-2, 64-2
終不一　54-15
乖任物之一　57-14

〔甫〕

年一弱冠　1-8
交一珮　18-4

—圃　44-3
三蔵之—宗　57-3
顧太—　60-4

〔率〕

許—母　1-10
—舞　13-5
真—　60-3

玉王　部

〔玉〕

珠—盛　7-4
—管　10-3
—燭　13-3, 41-3
—沼　19-3
—俎　33-4, 54-19
鳴衣—　33-15
—殿　36-3
—機上　47-8
—条　53-13
泣—　53-16
君抱—　53-23
美—　53-24
—柯　64-6

〔王〕

—仁　序3
龍潜—子　序10
大—　1-6
葛野—　5-1
—子者　5-2
十市内親—　5-3
—公卿士　5-5
—子進奏曰　5-6
—子叱之　5-8
—喬道　5-14
犬上—　11-1
楚—細　18-4
大石—　21-1
山前—　25-1
大伴—　30-1
境部—　32-1
宴長—宅　32-2
長—宅　33-2, 39-2, 40-2, 41-2, 42-2, 43-2, 45-6, 47-9, 49-2, 52-5
君—　33-3
背奈—行文　39-1
大—徳　40-4
長—　42-5
長屋—　44-1
長—宅讌　47-2
長—宅宴　50-5, 51-5, 53-26, 57-10
夫—畿　53-3
従—事　53-21
—家　53-27
仁—般若　57-4
唐—　57-5
長屋—宅宴　59-2
曹—苑　64-6

〔玩〕

—山川　20-3

〔珍〕

—羞　33-4

〔玲〕

—瓏　33-15

〔珠〕

—玉盛　7-4
嚢—起　8-9
—暉　33-6
懸—日　33-11
連—絡　50-4
宝—之在衣中　62-4

〔珮〕

交甫—　18-4
—楚蘭　54-16

〔珪〕

引—璋　43-3

〔球〕

軽—琳　12-3

〔理〕

—雲鬟　33-14
—合先進　53-16
—乖　57-13

—色　42-11
扇—新　52-10
体—　54-8
乖任—之用　57-14
—外　64-3

〔特〕

—閲　5-9
—優詔　15-5
—加　57-5
—善　62-2

〔犢〕

—鼻　46-9

犬犭　部

〔犬〕

—上王　11-1

〔狂〕

遂被髪陽—　4-4
以為鬼—　4-5
且—簡　33-9
僕聖代之—生耳　54-3

〔状〕

—貌魁梧　3-2

〔狎〕

仁—敦　10-3
—鳳閣　29-5

〔独〕

—以星間鏡　8-4
—銜鱗　11-4
—見　14-4
豈—　20-5
—有　42-15
明公—自　53-15
世—不悟　53-16
—坐辺亭夕　53-21
—悟　58-4
—依依　58-5
—坐山中　61-5
—傷悲　63-16
—坐聴　63-19

〔狗〕

—利　54-3

〔猷〕

皇—　序5
是威—　17-15
逵与—　53-22
仰芳—　54-19
芳—　63-7

〔猶〕

—不師　8-7
—遅花早臨　12-5
—新　17-8
—似　53-25
—自短　53-28
—未極　54-22
雪—寒　59-4

〔猟〕

遊—　3-11
—智賞河津　64-4

〔猨〕

寒—嘯　6-6

〔献〕

—頌　序9
—南山寿　26-5

〔猿〕

—吟断　52-7

〔猾〕

有巨—間釁　1-5

玄　部

〔玄〕

詠—造　序11
—燕　12-8
頗洪—学　15-2
—覧　16-3
敷—造　17-3
—圃近　17-11
子雲—　41-7

—由　53-22
元—好　54-10
少—蛍雪志　55-9
長—　55-9
—前役　60-3
—俗事　61-3
—披覧　62-5
在—漏　62-9
—伴侶　62-13
—出公石　63-5
元—主　65-4
照—辺　65-5

〔舃〕

廻鳧—　53-14

〔巣〕

鷰—　4-14

〔照〕

—歌筵　10-7
—昊天　12-7
—蘭洲　35-3
—上春　44-3
開遠—　44-6
—蘭麗　52-10
—灼　54-7
—河浜　54-22
落—曹王苑　64-6
—無辺　65-5

〔煎〕

燭処—　47-7

〔燕〕 → 鷰

玄—　12-8

爪爫　部

〔争〕

—友之益　2-5

〔爰〕

—則　序6
—降　19-4

〔爵〕

設—　序4
—里　序15
命—薜蘿中　17-10
羽—騰飛　33-5
泛—賞芳春　38-3
鳴鹿—　41-4

父　部

〔父〕

以其—故　15-5

爻　部

〔爽〕

気—　4-13, 12-7

〔爾〕

辰—　序3
云—　序16, 53-8, 54-9

片　部

〔牖〕

山—臨幽谷　45-7

牙　部

〔牙〕

—水含調激　33-12

牛　部

〔牛〕

絶風—　49-4

〔物〕

林間—候明　2-8
—候芳　4-13
—候　34-3
時—　42-3
—我両忘　42-8

煨—　序9

灬　部

〔為〕

以—　序6
無—　序8, 12-3, 25-3, 42-4, 52-9
—将　序16
—皇太子　1-9
—賓客　1-10
出言—論　1-11
—莫逆之契　2-3
然余以—　2-4
以—鬼狂　4-5
遂不—害　4-5
以—妖言　4-7
—法也　5-6
祇—　23-4
—何労　37-3
長—壮士篇　44-7
良—酔　51-7
—弟　53-4
—兄　53-4
—判官　53-12
—期　53-25
風月—情　54-3
—翫　54-3
—衆所懽　57-3
—時不容　57-6
—垂幕　57-17
俄—　58-6
我—菩提　62-7
—時所推　63-6
心—錦絅美　65-5

〔点〕

—英人　22-4

〔烏〕

—冊　序2
金—　3-19
孝—朝夕悲　58-7

〔焉〕

渺—　序13
月将継—　33-8
於—傷志　42-3
於—三元節　44-4
遂—如　54-14
今闕—　62-8

〔然〕

—而　序4
涙之泫—　序13
—臣平生曰　1-6
惟—是輔　1-6
莫不粛—　1-9
—余以為　2-4
共陶—　3-12
—以人事推之　5-7
自—定矣　5-8
誰敢間—乎　5-8
—毋三絶務　8-7
—則　42-3
—而　53-17
—明　53-17
—矣　53-18
従来—　53-24
埋—長　53-28
徒—貧　53-32
陶—　54-7
超—　55-4
杳—別　57-16
慨—　62-3
—遂不往　63-6
蕩—　63-7

〔無〕

—為　序8, 12-3, 42-4, 52-9
天道—親　1-6
羞—監撫術　1-16
—賓主　3-19
亦—窮　16-3
—限寿　21-4
四海既—為　25-3
賞—倦　27-4
—埃坌　29-3
—息肩之地　42-12
—疲風月筵　44-6
—言語　52-7
—事　52-9
勢—劣　53-4
—識　53-16
接—由　53-22

〔濁〕

斉—盈　45-3

〔濠〕

—梁論　31-4

〔瀛〕

入蓬—　5-14
—洲趣　10-8

〔濫〕

—陪　9-4
—叨　45-5
—吹席　48-4
—蒙　57-11

〔瀑〕

飛—激　33-17

〔瀾〕

碧—中　16-4

火　部

〔火〕

代—　8-10

〔灰〕

秦—之逸文　序14

〔灼〕

—景春　21-3
照—　54-7

〔灾〕

—異　1-7

〔炭〕

陥其塗—　2-5

〔烟〕

浮翠—　10-8
酌—霞　11-4
—霧発　12-7
軽—　13-4
祥—　20-5
—雲外　23-3
—霞　28-4, 54-6
—幕　33-4
翠—心　36-4
蒼—生　42-10
賦得—字　44-5
松—　44-9
—雲　53-27, 58-5

〔煒〕

顧眄—燁　1-2

〔煙〕

—光　17-11
—霞　42-11
浮—　44-6
風—　51-4, 61-4
—霧　61-6

〔煥〕

三階平—　序7
—而繁陳　42-6

〔煖〕

風末—　59-4

〔煩〕

何—入宴宮　57-19

〔煨〕

悉従—烬　序9

〔燁〕

顧眄煒—　1-2

〔燠〕

庭—　47-4

〔燦〕

星—翠烟心　36-4

〔燭〕

玉—　13-3, 41-3
—花　36-4
—処煎　47-7

〔燼〕

塵外年光—　2-8
—英才　24-3
—目　33-4
—地新　34-3
禊庭—　39-6
—酌　51-4
—九垠　52-9
蕩而—目　54-6

〔滑〕

性—稽　15-2

〔漢〕

雲—津　8-4
今—主　15-7
—帝飛　18-4
金—　33-14
天—　46-10
—易旋　47-8
越—流　52-4
入—　53-14

〔源〕

桃—賓　29-4
河—風　30-3
桃—深　53-36

〔溽〕

—暑　42-9

〔滄〕

—波隔　44-7

〔滌〕

—心　57-17

〔滅〕

湮—　序10

〔演〕

昇座敷—　4-7

〔漆〕

着—秘封　4-4
—姫　17-10
金—　57-16

〔漸〕

遂使俗—洙泗之風　序3

〔漫〕

渺—　55-6

〔漏〕

夜—深　32-6
在無—　62-9

〔潔〕

公—　53-13

〔潢〕

度—流　33-14

〔潤〕

—徳光身　序6
—芳春　13-3

〔潛〕

龍—王子　序10
—龍　3-17
躍—鱗　13-3
龍—之日　15-3

〔潺〕

—湲　51-3

〔潭〕

覚—深　14-4
越—跡　46-4
躍—鱗　55-3
超—　55-7

〔澄〕

風月—遊席　2-8
—徹　3-9
—流耀　8-3

〔潮〕

波—静　40-4

〔激〕

—流声　32-4
含調—　33-12
飛瀑—　33-17
—泉　44-10
波—　46-10

覚潭—　14-4
瑶池—　24-4
智懐—　30-5
夜漏—　32-6
春色—　36-3
—亦静　49-6
桃源—　53-36

〔清〕

—蹕　10-6
—風　12-5, 53-35, 61-4
得声—驚情四字　12-6
風雲—　12-7
水—　24-4, 31-3
—化　25-3
正—淳　25-3
竹葉—　32-3
—談　33-5
—写　33-9
越—流　35-4
—生　41-6
尽—素　41-7
—絃　53-24
庭—　54-7
—夜　54-14
—華　63-2

〔淡〕

—海先帝　序5
—海　序14
—海朝　1-1
—海帝　1-2, 2-2
—海帝世　4-2
—海帝之孫　5-2

〔添〕

—談論　10-4
韻—詠　22-4
—下人　57-2

〔涼〕

曝—経書　4-6
曝—経典之奥義　4-6
風—　6-7
—風　42-10
葉已—　43-3
—風暮　45-8
初—至　52-3

〔湮〕

—滅　序10

〔湲〕

潺—　51-3

〔温〕

志懐—裕　2-2

〔滋〕

将—草　47-4

〔湿〕

風—裏　62-12

〔渚〕

於霧—　序11
鴈—　4-14
移霧—　8-3
—性　17-13
泛寒—　56-4

〔測〕

敢—　5-7

〔湛〕

—露恩　10-4
—露　27-4
—露仁　34-4

〔淳〕

正清—　25-3
茅—　46-4

〔渡〕

舩—　14-3
—鵲橋　35-4

〔湯〕

殷—網　52-11

〔渺〕

音塵—焉　序13
—漫　55-6

〔満〕

暁光— 46-10
—春色 47-3
断雲— 49-3
月桂— 54-19

〔泮〕

—氷津 48-4

〔浦〕

霧— 6-6
竹— 9-4
曲— 13-3, 39-6
洛— 18-3
南—之送 33-10
菊— 44-7
遊南— 52-11
映—紅桃 53-6
笛— 64-3

〔涌〕

尚易— 12-5

〔涛〕

北池— 14-3
吉野— 30-5
素— 46-3

〔流〕

悖徳之— 2-5
応対如— 4-8
澄—耀 8-3
臨—水 17-13
逐吹— 23-4
—霞 27-4, 50-3
激—声 32-4
—彩 33-7
度潢— 33-14
—水急 33-17
越清— 35-4
—水散 36-3
鑒— 39-3
—声 44-10
賦得—字 45-6
対晩— 45-7
逆折— 46-3
子池— 46-10
千年— 49-7
越漢— 52-4
対曲裏之長— 53-5
—水韵 53-35
作廻— 55-6
—光 64-6

〔涙〕

—之泫然 序13

〔浪〕

日影—前紅 17-11
浸石— 51-3

〔淵〕

錦鱗— 10-6
夢—々 49-7
臨—吟沢 63-3
琴— 64-3

〔淹〕

不—留 29-5

〔渓〕

在竹—山寺 57-10
竹—山 57-18

〔混〕

—賓主 33-5

〔済〕

百— 序2
広— 16-4
—々周行士 17-5
—々三徳人 28-3
—光軽 32-3
百—公和麻呂 47-1

〔淑〕

—気 13-3, 17-4, 17-7, 19-3, 21-3, 34-3, 45-3
—景 26-4

〔渉〕

博—経史 5-4

〔深〕

風範弘— 1-2
固以—哉 3-7
苔水— 3-9

〔海〕

淡—　序5, 序14, 1-1
四—　序8, 25-3, 53-5
臨四—　1-16
淡—帝　1-12, 2-2, 4-2, 5-2
扇—浜　17-7
開筆—　39-3
江—　40-4
青—　47-11
陸機—　53-35
西—道　53-37
西—行　53-38

〔洪〕

歎其—学　1-11
頗—玄学　15-2

〔洽〕

—往塵　13-5
—乾坤　25-3
—万民　34-4

〔洲〕

瀛—趣　10-8
照闌—　35-3
逢槎—　46-4
八石—　49-6
同洛—　55-7

〔浄〕

—大参　2-6
—御原帝　3-2, 5-4
母—御原帝　5-2
—大肆　5-4
美努連—麻呂　13-1
川—　30-5
田中朝臣—足　43-1

〔洙〕

—泗之風　序3

〔津〕

大—皇子　2-2, 3-1
及—謀逆　2-3
雲漢—　8-4
烋—　17-12
泮氷—　48-4
大—連首　51-1
美稲—　55-4
賞河—　64-4

〔洞〕

天中—啓　1-4
莫不—達　62-6

〔洛〕

廻—浜　8-10
—浦　18-3
同—洲　55-7

〔消〕

—雪嶺　48-4
不須—　65-3

〔浹〕

—辰　62-6

〔浸〕

—石浪　51-3

〔浜〕

泛霞—　8-3
洛—　8-10
瑶池—　11-3
扇海—　17-7
啓水—　21-4
躍水—　22-3
乱藻—　44-10
楽東—　52-11
照河—　54-22
坐河—　64-5

〔浮〕

四望—　7-3
還—　8-4
—翠烟　10-8
—雲　12-4
逐波—　17-16
—高閣　21-3
—沈　23-3
—蟻　33-5
雲—　39-7
靄—煙　44-6
—錦鱗　45-4
—菊酒　45-8

—嶋皇子 2-1
—源風 30-3
銀— 33-14
—横 35-5
逐—辺 47-7
—難越 47-8
—廻 53-36
照—浜 54-22
長— 55-6
賞—津 64-4
坐—浜 64-5
織女— 64-6

〔泣〕

—玉 53-16
恨—空 63-18

〔泫〕

涙之—然 序13

〔沼〕

霊— 3-9
玉— 19-3

〔泉〕

—路 3-19
鳴—落 9-4
歴林— 10-6
激— 44-10
—石 46-7, 61-4
—石之楽性 54-6

〔泰〕

三才並—昌 1-14
—風 12-7
交—春 27-3

〔況〕

—乎 42-4, 57-12
—乃 42-14

〔治〕

—部卿 5-4, 11-1, 32-1

〔泗〕

洙—之風 序3

〔沾〕

—群生 39-6

〔波〕

驚— 3-10, 20-3
遂—浮 17-16
随—散 24-4
風— 29-4
—潮静 40-4
滄—隔 44-7
—中 45-4
—激 46-10
—多氏 62-2
動金— 64-6

〔泛〕

—月舟 序11
—霞浜 8-3
月— 18-3
—軽鱗 19-3
—栄光 20-5
—爵 38-3
—鸞觴 43-4
—仙蓹 44-3
酒処— 50-3
—菊 53-27
—寒渚 56-4

〔沸〕

—城闉 15-7

〔法〕

—則 序7
不拘—度 3-3
太子骨— 3-5
—師就尼 4-3
—師察之 4-3
—師開襟 4-6
為—也 5-6
弁正—師 15-2
—師及慶 15-4
礼—士 54-11
—師学業 57-5
—華経 62-3
—師周観 62-6
—師曰 62-7
—施 62-7

臨—動　51-6
明逾—鏡　53-13
王家山—　53-27
—魚叡　54-16
—難留　54-18
—智　54-21
山—随臨賞　55-3
弁山—　59-3
—石間　62-12
山—元無主　65-4

〔氷〕

泮—津　48-4
等—壺　53-13

〔求〕

—友　4-11
鳴—　60-3

〔江〕

近—守　26-1
越智直広—　37-1
—海　40-4
投—　56-3
和藤—守　58-2
近—　58-3

〔池〕

臨野—　6-6
瑶—浜　11-3
林—楽　11-5
瑶—躍　13-3
瑶—上　20-5
北—涛　14-3
瑶—深　24-4
鳳—　31-3
秋夜山—　32-5
俯雁—而　42-6
鐘—　46-4
子—流　46-10
習—車　47-5
周—蘋　52-11
南—　53-2
小—　53-3
—台　53-7
臨—　53-9
第園—　54-2
園—　54-7
—明　54-11

〔汎〕

敦—愛　22-3

〔沙〕

—宅紹明　1-9
—門　57-11

〔沢〕

彭—宴　3-10
遊天—　17-5
神—　21-3
頌皇—　26-5
聖主—　28-4
蘭蓀—　53-34
吟—　63-3

〔沖〕

敬愛之—衿　33-3
未適—襟　54-3
竹渓山—々　57-18

〔沈〕

—去輪　8-3
緑萍—　14-3
浮—　23-3
堪—翫　29-5
—鏡　53-3
—吟　54-16

〔沓〕

雑—　51-3

〔汾〕

同—后　17-12

〔沐〕

—鳧　11-4
—恩者　25-4
—芳塵　26-5
—恩眄　42-6

〔没〕

戯鳥—　14-3
—賢　17-8

〔河〕

毋　部

〔毋〕

然—三絶務　8-7

〔母〕

許率—　1-10
—浄御原帝之長女　5-2
昔丁—憂　62-3

比　部

〔比〕

采女朝臣—良夫　26-1
亦—肩　42-14

毛　部

〔毛〕

下—野朝臣虫麻呂　42-1
垂—　42-14
二—　53-32

〔毫〕

含—　33-10, 45-5

氏　部

〔氏〕

禾田—　4-2
秦—　15-2
額田—　57-2
波多—　62-2
亡名—　65-1

〔民〕

霑万—　7-5
臨兆—　17-3
唐帝—　24-5
逢柘—　29-3
洽万—　34-4
撃壌—　48-4
—黒人　61-1

气　部

〔気〕

—爽　4-13, 12-7
恵—　7-3
吐陽—　10-3
淑—　13-3, 17-4, 17-7, 19-3, 21-3, 34-3, 45-3
秋—新　17-12
花—新　19-5
嘉—　26-4
商—艶　31-3
寒—尽　32-3
秋—　42-3
菊—芳　43-4
意—　53-7
縦逸—　54-5
寒—益　63-15

水氵　部

〔水〕

苔—深　3-9
遊山—　5-14
瑶—　7-4
—下　8-4
臨—　10-3, 32-6, 38-3
遊覧山—　11-2
臨—観魚　14-2
山—地　17-10
臨流—　17-13
啓—浜　21-4
躍—浜　22-3
山—幽　23-3
—清　24-4
且惟—　29-3
智—　29-5
烋—清　31-3
牙—　33-12
曲—宴　33-16
流—急　33-17
流—　36-3, 53-35
山—助仁　42-11
—底　43-4
山—翫芳春　48-3

—註誤　3-6
—姧竪　3-6
—夕　3-19
—芳春　4-10, 11-5
則乱従—興　5-7
—外　5-8
対—開　5-12
—時　13-5, 61-6
—地　29-4, 46-7
—俺友　31-4
—日也　42-9
即—　50-4
宜—処　51-7
従—　52-6
—九秋　53-12
—挙　53-15, 63-5
於—地　54-4
—庸才　57-13
—書　62-6
自—以下　62-8
皆—類也　63-6

〔歩〕

—金苑　3-9
七—情　12-8
張—兵　42-3
—舞場　53-7
—月　63-13

〔武〕

文—材幹　1-8
愛—　3-3
文—天皇　8-1

〔歳〕

—在辛卯　序17
万—之後　1-5
惜—暮　12-3
万—真　19-5
寿千—　25-4
—光時物　42-3
—久　53-11
—寒　53-17
—月　53-21
経三—　53-24
往—　53-38
千—之間　54-5
十有六—　57-5

〔歴〕

—林泉　10-6
—歌処　53-7
—訪　57-3

〔帰〕→ 皈

倒載—　3-10
令忘—　18-4
使人—　41-4
—易遠　42-11
忘—地　50-7
—去　54-14
—来　57-6

歹　部

〔死〕

在唐—　15-4
—生　65-4

〔残〕

乱—岸　28-4
—果　62-13

〔殊〕

—郷国　49-4
—郷　53-12
性—端直　62-2

殳　部

〔殷〕

—昌　序8
賀—　26-3
—湯網　52-11
—夢　53-30

〔殿〕

松—浮翠烟　10-8
玉—風光暮　36-3
紫—　50-4
宝—　58-4

〔橿〕

—原　序1

欠　部

〔欣〕

—戴　33-3
—逢　36-4
翕—戴之心　42-5
倶—天上情　50-4
同—　54-6

〔欲〕

—知　4-13, 23-3, 32-4, 51-4, 52-4, 61-4
—有言　5-8
且—　8-7
—尋　30-3
—訪　30-5, 46-4
徒—　33-12
天—曙　35-5
桃—新　44-3
—住従兮　62-9

〔歌〕

似—塵　8-9
照—筵　10-7
琴—　15-8
—林　20-4
—声　24-5, 39-4
—扇　27-3
将—　30-4
—是　32-4
—台　33-6
遏—響　36-3
入—曲　44-4
歴—処　53-7
当—　54-3
絃—　54-6
縦—　54-21
柘—　56-4

〔歓〕

—春鳥　17-7
得—娯之致　42-5
—琴書　50-6
—宴曲　51-4
雖—娯未尽　53-8
—情　54-4
水魚—　54-16
—如実　63-18

〔歎〕

—曰　1-5, 62-3
—其洪学　1-11
更—　35-5
寸心之—　53-20
久—周　54-18
—老　65-2

〔歟〕

等—　62-8

止　部

〔止〕

乃—　5-8

〔正〕

嘉其忠—　2-3
拝僧—　4-8
授—四位　5-9
—三位　7-1, 53-1
—四位下　11-1, 27-1, 46-1
—五位上　12-1, 26-1, 48-1
釈弁—　15-1
弁—法師　15-2
—五位下　16-1, 18-1, 31-1, 49-1, 64-1
贈——位　17-1, 52-1
—朝　17-3
—清淳　25-3
—西東　30-3
—六位上　40-1, 41-1, 47-1
—二位　44-1

〔此〕

当—之際　序8
撰—文意　序16
—皇子　1-3
—国之分　1-3
如—事　1-6
以—久下位　3-5

試—　4-7

〔極〕

杳不—　20-3
猶未—　54-22

〔楚〕

孫—　6-4
—王細　18-4
—臣　53-16
労—奏　53-31
珮—蘭　54-16

〔椿〕

桂—岑　53-34

〔標〕

—竿日　46-9

〔楓〕

—樴　8-3
—声落　64-4

〔楡〕

星—冷　33-14

〔楊〕

—柳　15-8
両—樹　58-7

〔楼〕

啓龍—　29-5
作宝—　44-8
鳳—詞　47-11
入瓊—　52-4

〔槐〕

—市　62-2
—樹衰　63-12

〔構〕

臨空—　58-4

〔槎〕

仙—　20-5
逢—洲　46-4
—客　50-4
—路遠　53-36

〔榻〕

一箇之—　53-12
懸—　53-21

〔横〕

河—天欲曙　35-5
縦—　42-8

〔槿〕

落夏—　20-4

〔権〕

兼—造長官　45-1

〔機〕

万—　1-9
山—　3-15
撫—　17-3
—下　17-15
玉—上　47-8
陸—海　53-35
—儀　57-13

〔橋〕

渡鵲—　35-4

〔樹〕

鶯嫣—　4-11
—除　8-4
揺—影　27-3
—茂　39-7
—也　42-10
花—　52-10
柳—之作　58-2
古—　58-6
両楊—　58-7
抱—吟　63-10
槐—衰　63-12

〔樵〕

有—童　61-3

〔樽〕

琴—　40-3, 54-22

〔樴〕

楓—　8-3

—舒陰 63-9
向—影 63-19

〔根〕

餘— 6-3

〔栢〕

—梁仁 19-4
松— 53-25, 53-34, 58-5

〔栖〕

—心 55-4

〔桑〕

—門 4-10

〔桃〕

—花映 13-4
—源賓 29-4
曄—開 33-17
—花曲 39-6
—欲新 44-3
—苑香 45-4
紅— 53-6
—源深 53-36
—李 54-7
—錦舒 54-11
—花雪 57-18

〔桐〕

拍—琴 32-6

〔梅〕

塩— 1-16, 17-8
鶯— 5-10
素— 5-11
階— 7-4
—芳 12-5
—苑側 16-4
—花 21-3, 22-4, 59-4, 65-4
—雪 28-4
—花笑 32-3
玄圃— 44-3
芳— 47-3
—蘂 50-7
庭— 51-6

〔梧〕

状貌魁— 3-2

〔梯〕

—山客 42-14
—航使 52-6

〔梵〕

—鐘 58-4

〔梁〕

—上 8-9
栢—仁 19-4
落—塵 24-5
動—塵 27-3
濠—論 31-4
北—之芳韵 42-12
—前 54-22

〔椒〕

—花帯風散 48-3

〔棲〕

幽— 61-2
—丹鳳 64-3

〔棟〕

—幹 5-3

〔楽〕

林池— 11-5
遏広— 13-5
誰不— 13-5
開短— 17-16
—緒稀 41-4
広—天 41-7
礼— 42-5
—万国 45-3
—東浜 52-11
行— 53-3
泉石之—性 54-6
—山仁 54-21
山人— 61-4

〔業〕

帝— 序5
受— 4-3
学— 4-3, 57-5

竹—之間 42-9
北—靄 42-10
松— 45-7
上— 47-3
—寒 47-4
雞—客 47-11
対—野 51-4
竹— 53-4
—亭 53-6
張衡— 53-35
—園 54-10

〔枻〕

鼓— 52-11

〔栄〕

—辱 4-14
同桂— 6-4
泛—光 20-5
敦厚之—命 33-3
苑中— 39-7
枯— 42-9
蓂草— 50-4
軒冕之—身 54-5
辞—去 54-13

〔柯〕

低玉— 64-6

〔枯〕

—栄 42-9

〔査〕

乗—逡 17-13

〔柘〕

—媛 17-10
—歌 56-4

〔柔〕

—遠 15-7

〔染〕

花枝— 38-3
請—翰 42-12
—舞巾 44-4
—翰 53-4

〔柏〕

—葉 48-3

〔柳〕

塘— 7-4
若—絮 8-9
—絮 12-5
—条新 13-4
楊— 15-8
払弱— 19-3
園—月 26-4
—葉飄 33-7
—糸 44-4
桜— 44-9
糸— 45-4, 52-10
嫩— 47-3
—条 50-7, 59-4
門— 51-6
翠— 53-6
—雖変 57-19
—樹之作 58-2

〔桜〕

山—春 26-4
—柳 44-9

〔格〕

道— 序5

〔桓〕

時盤— 10-7
非斉—公 53-18

〔桂〕

松— 2-8
同—栄 6-4
攀—期 6-7
丹— 33-7
月—秋 33-14
—月 35-3, 62-12
攀— 39-3
—山 44-7
開—賞 47-10
—白 49-7
—椿岑 53-34
月—浮 54-19
仙—叢 61-3

風—煖　59-4
—見　62-4
—踰　62-6

〔朱〕

—衣老翁　1-4
—買臣　53-32

〔材〕

文武—幹　1-8
—称棟幹　5-3
英—　57-2

〔杖〕

策—事迎逢　4-10
策—登峻嶺　57-18
策—而遁　62-8
携—　62-13

〔条〕

冬—　8-10
柳—新　13-4
柳—　50-7, 59-4
玉—　53-13

〔束〕

—帯　36-4

〔李〕

看花—　8-10
—隆基　15-3
—陵弓　39-4
—将鄭　53-22
桃—　54-7

〔果〕

残—　62-13

〔枝〕

弱—　6-4
田辺史百—　22-1
花—染　38-3

〔松〕

—桂　2-8
詠孤—　6-2
孤—翠　6-3
—巌　9-4
—風　10-4
—殿　10-8
—下　12-5, 61-4
—心入　13-4
入—風　17-11
—影開　19-5
—風韻　22-4
軽—筠　27-4
—烟　44-9
韵—筠　44-10
—林　45-7
—竹之貞　53-17
—栢堅　53-25
—蓋　53-28
—栢　53-34, 58-5
—竹　54-13
—響陳　64-4

〔杼〕

霜—　3-15

〔枕〕

—石　57-17

〔東〕

正西—　30-3
—閣　43-3
楽—浜　52-11
—方朔　53-32
—山役　53-38

〔杳〕

—不極　20-3
—然別　57-16

〔林〕

—間物候明　2-8
竹—風　4-10
竹—友　4-14
—中　8-9
上—春　9-3, 10-8
歴—泉　10-6
—池楽　11-5
響庭—　12-4
南—側　14-3
歌—　20-4
上—会　22-5
咲—開靨　33-6

〔朝〕

入—　序2
於前—　序11
淡海—　1-1
聖—　1-5
—廷　2-3
—択　3-12
向本—　4-5
中臣—臣大嶋　6-1
各得—野趣　6-7
紀—臣麻呂　7-1
大神—臣高市麻呂　9-1
巨勢—臣多益須　10-1
紀—臣古麻呂　12-1
—慶　15-3
—元　15-3
元皈本—　15-4
還至本—　15-5
与—主人　15-6
藤原—臣史　17-1
正—　17-3
我—人　17-5
大神—臣安麻呂　23-1
—市遊　23-4
石川—臣石足　24-1
采女—臣比良夫　26-1
安倍—臣首名　27-1
中臣—臣人足　29-1
一—逢　29-3
—雲　30-3
散風—　33-11
三—使　33-11
下毛野—臣虫麻呂　42-1
—野　42-5
田中—臣浄足　43-1
安倍—臣広庭　45-1
紀—臣男人　46-1
藤原—臣総前　52-1
藤原—臣宇合　53-1
—隠　53-34
藤原—臣万里　54-1
—看　55-3
高向—臣諸足　56-1
—夕悲　58-7
引—冠　59-3
石上—臣乙麻呂　63-1
—譴　63-3
—堂　63-5

木　部

〔木〕

—素貴子　1-10
—筒　4-4
伐—　53-11

〔本〕

塔—春初　1-10
—朝　4-5
心—明　6-3
元皈—朝　15-4
還至—朝　15-5
憶—郷　15-9
瞻日—　15-10
—自難　54-15
—国　57-6
奉—国皇太子　57-8

〔末〕

紀—茂　14-1

〔未〕

人文—作　序1
—遑　序4
—之有也　序7
—幾　1-11
—詳　2-4
—尽　2-5
—安寝　3-17
—得伝記　6-1
—翫　11-5
—飛　12-5
—幾日　41-3
—充半　46-10
—笑花　47-4
興—已　47-5
—尽　49-4
—吐緑　50-7
—成眉　51-6
歓娯—尽　53-8
—催臭　53-27
—適　54-3
猶—極　54-22
—達　57-12

今—廿四日 57-11
日—荏苒 58-5
九—衰 58-6
風—自軽餘 61-6
—後 63-9, 64-4
歩— 63-13
—夜坐河浜 64-5
—上 64-6
寒— 65-5

〔有〕

未之—也 序7
忽—人 1-4
—巨猾間釁 1-5
—如此事 1-6
—息女 1-7
—文武材幹 1-8
時— 3-4, 62-5
—高孝尼 4-2
—忌害之心 4-3
欲—言 5-8
—道 12-3
魚— 14-4
—貪心 14-4
—子 15-3
唯— 15-8
—政 17-3
咸— 32-4
皆—月 39-4
—奔命之場 42-11
独— 42-15
—愛 44-6
—相追 51-7
則— 53-3
如— 53-19
—別 53-22
自—芳 53-27
—餘 54-10
—麁疎 54-11
十—六歳 57-5
全—異 57-13
—樵童 61-3
—清風 61-4
可—五首 62-8
嘗— 63-3
遂— 63-4
亦—天 65-4

〔服〕

群下畏— 1-9
皆屈— 4-8
衆僉悦— 63-5

〔朋〕

—友 2-3

〔朔〕

—雁 42-15
東方— 53-32

〔朕〕

—常 8-6

〔朗〕

—嘉辰 25-3

〔望〕

—青陽 5-11
四—浮 7-3
元首— 8-7
—山 10-3
登— 10-6
—雪 12-2
—遥寄 12-3
—雲端 15-10
—苑 31-3
—雲仁 44-4
—白雲天 53-23
逐—新 55-3
—仙宮 56-4
—報 62-7
地— 63-2
相— 63-13

〔期〕

—交情 2-8
莫論攀桂— 6-7
不—遂恩詔 9-3
後—悠 35-5
豈難— 40-4
相— 41-6
仙— 47-7
逐蘭— 47-10
為— 53-25
—不識 63-16

〔曲〕

催雅— 10-4
—浦 13-3
—中春 15-8
転入— 29-4
飛塵— 32-4
郢— 33-6
—水宴 33-16
—浦軽 39-6
飛鸞— 42-15
開—席 43-3
入歌— 44-4
—即鳳楼詞 47-11
—中軽 50-3
歓宴— 51-4
—宴 53-2
対—裏之長流 53-5
一——盃 54-4

〔更〕

—歎後期悠 35-5
今—為何労 37-3

〔書〕

含— 3-17
経— 4-6
能—画 5-4
琴—左右 42-8
曬—烌 46-9
図—頭 49-1
歓琴— 50-6
詩— 53-14
伯英— 54-10
世読此— 62-6

〔曽〕

非—故 17-15
不—休 53-21

〔曹〕

—王苑 64-6

〔会〕

—壬申之乱 1-12
上林— 22-5
高— 45-3
悦仙— 46-9
神仙— 52-4
文酒— 55-9
嘉— 57-11
赴彼高— 57-13

月　部

〔月〕

泛—舟 序11
風—之旧遊 序12
冬十一—也 序17
光日— 1-14
風—澄遊席 2-8
—弓 3-13
詠— 8-2
—舟 8-3
関山— 15-8
三—三日 16-2, 33-16
—鏡 17-15
—泛 18-3
園柳— 26-4
—共新 27-4
上— 32-3
待明— 32-6
—将継焉 33-8
—桂秋 33-14
桂— 35-3, 62-12
皆有— 39-4
風—時 40-3, 47-10
扇—幃 41-3
風— 42-12
—色 44-3
風—筵 44-6
明—秋 45-8
—斜 46-10
含—新 48-3
酔— 53-4
—下 53-7
芳— 53-9
歳— 53-21
明—前 53-23
乗季— 53-27
明—夜 53-36
風—為情 54-3
—桂浮 54-19
明— 54-22
日—長 57-9

能— 29-3
—水 29-5
川浄—懐深 30-5
吉—首 35-1
越—直広江 37-1
—与仁 46-6
—載五車 53-13
臨水— 54-21
猟—賞河津 64-4

〔晩〕

—燕 31-3
向— 42-9
—秋 43-2
対—流 45-7
大器之— 53-18

〔普〕

—天蒙厚仁 13-5
—天皆帝国 54-14

〔冕〕

冠—情 5-14
載— 8-6
軒—之栄身 54-5

〔暇〕

多— 序8
休—景 5-11
三餘— 11-3
以五日休— 42-5

〔暉〕

月弓—谷裏 3-13
代火—霄篆 8-10
髻上— 18-3
珠— 33-6
斜— 52-10
送落— 53-9
容—寂旧墟 54-13

〔暄〕

属—節 34-3

〔暢〕

—愁情 5-12

〔暮〕

—開万騎筵 3-12
惜歳— 12-3
日云—矣 33-8
風光— 36-3
秋云— 43-3
涼風— 45-8
—春 53-2, 53-5, 54-2
悽年— 53-30
已— 54-4
日—還 62-12

〔曄〕

—桃開 33-17

〔曖〕

唵— 3-9

〔曙〕

天欲— 35-5

〔曠〕

谿— 30-4
放— 54-16, 55-4

〔曝〕

—涼経書 4-6
—涼経典 4-6

〔曦〕

—光 3-13

〔曬〕

—書烁 46-9

曰　部

〔曰〕

異— 1-3
歎— 1-5, 62-3
平生— 1-6
詔皇子— 3-4
対風— 4-6
進奏— 5-6
其詞— 53-20
法師— 62-7

〔星〕

独以—間鏡 8-4
—客 17-13
列—光 33-4
—楡冷 33-14
—燦 36-4
—織室 47-7
蜀—遠 49-3

〔時〕

建邦之— 序1
—開 序8
但— 序9
于— 序16
—議者 1-11
—年廿五 1-12
—年卅五 2-6
—有 3-4, 62-5
—年廿四 3-7
—不至 3-17
—呉越之間 4-2
—歳七十三 4-8
—群臣 5-5
—年卅七 5-9
—盤桓 10-7
—泰風雲清 12-7
—誰不楽 13-5
—遇 15-3
—謡 27-3
于— 33-6
—節 35-3
風月— 40-3, 47-10
当—宅 41-7
茲— 41-7
—物 42-3
—属 42-4
聖— 42-14
賦得—字 47-9
—属 53-5
遇—之罕 53-18
—窮蔡 54-18
—唐 57-4
為—不容 57-6
—出 57-7
—年七十餘 57-7
此— 61-6
当— 62-5
—皇后 62-6
—選 63-5
為—所推 63-6
—年 63-7

〔晤〕

言— 4-10

〔唵〕

—曖 3-9

〔景〕

休暇— 5-11
麗— 17-4
灼—春 21-3
淑— 26-4
開韶— 34-3
餘—下 44-7
—麗 44-9
夏—変 46-7
開—華 47-3
愛韶— 48-3
風— 51-6
霞— 56-4
頽落— 63-13

〔暁〕

—光浮 46-10
—雁 63-16

〔暑〕

溽— 42-9

〔晴〕

雨— 20-4

〔智〕

积—蔵 4-1
—蔵師 4-2
仁—情 4-13
依仁— 7-3
—不敢垂裳 8-6
望山— 10-3
仁—寓山川 10-5
仁—間 11-5
叶仁— 20-3
仁—賞 23-4
重仁— 27-4

皇—　1-14
物候—　2-8
心本—　6-3
開—鏡　10-8
—離　12-7
神—　15-7
待—月　32-6
—日夜　33-15
皇—撫運　42-4
—月秋　45-8
侍—年　47-8
僕与—公　53-11
—逾水鏡　53-13
—公　53-15
然—　53-17
—月前　53-23
—君　53-30
—月夜　53-36
池—　54-11
—月　54-22
—悟　57-2
—哲　57-3
五—之微旨　57-4

〔映〕

桃花—　13-4
—彩舟　33-15
交—　42-7
飛花—　47-7
—浦　53-6

〔春〕

塔本—初　1-10
—苑宴　3-8
芳—節　4-10
—日　5-10, 17-7, 51-5, 59-2, 65-3
酌—觴　5-12
—日応詔　7-2, 10-2, 13-2, 27-2
一園—　7-3
尚帯—　8-10
上林—　9-3, 10-8
—色　10-3, 10-6, 47-3
芳—　11-5, 13-3, 45-3, 48-3
曲中—　15-8
動—節　16-3
耀三—　17-4
—日侍宴応詔　17-6, 26-2
歓—鳥　17-7
風自—　19-3
灼景—　21-3
—苑応詔　22-2, 24-2
万年—　22-5
動芳—　24-3
頌三—　25-4
山桜—　26-4
交泰—　27-3
初—侍宴　28-2
接早—　28-4
—岫　33-17
—日侍宴　34-2, 36-2, 45-2
—色深　36-3
—日蔵老　38-1
賞芳—　38-3
青—日　41-6
照上—　44-3
初—　44-8, 47-2, 57-10
積草—　44-9
—於左僕射　50-5
麗—墀　51-6
飄三—　52-10
暮—　53-2, 53-5, 54-2
三春之内　53-3
—彩　54-13
驚—　57-19
麻田連陽—　58-1

〔是〕

於—　序7
惟然—　1-6
由—　3-4
—人臣之相　3-5
優—　5-12
臣—　9-4
—攸同　16-4
—威猷　17-15
歌—　32-4
於—　33-4, 42-6, 53-6, 54-6
人—　47-11
即—　50-7, 54-8
地—　51-3
—日也　53-5
還—　53-16
—諧私願　54-4
賓—　54-21

—辺　15-10
瞻—本　15-10
三月三—　16-2, 33-16
太平—　16-5
元—応詔　17-2
元—　17-3
春—侍宴応詔　17-6, 26-2
春—歓春鳥　17-7
—影　17-11
—落　19-5
今—足　24-5
—下　26-5, 53-23
今—賞　32-4
秋—　33-2, 39-2, 41-2, 42-2, 45-6, 47-9, 49-2, 52-5, 53-26
—云暮矣　33-8
懸珠—　33-11
明—夜　33-15
春—侍宴　34-2, 36-2, 45-2
則聖—　36-4
春—蔵老　38-1
未幾—　41-3
青春—　41-6
五—休暇　42-5
此—也　42-9
愛客—　43-4
元—宴応詔　44-2
標竿—　46-9
言皈—　49-3
今—　49-7
春—　51-5, 59-2, 65-3
—華　51-6
是—也　53-5
何—断　53-9
同—　53-12
匪今—耳　53-18
—新　53-30
—落庭清　54-7
今—之事　54-8
—月長　57-9
今月二十四—　57-11
—月荏苒　58-5
—暮還　62-12
風采—新　63-7

〔旦〕

一—辞栄去　54-13

〔旨〕

五明之微—　57-4
奉—　57-11

〔早〕

花—臨　12-5
接—春　28-4
—迎秋　49-7

〔易〕

尚—涌　12-5
帰—遠　42-11
漢—旋　47-8
分袊—　52-6
誰云—　54-15
—処　57-14
路険—兮　62-10
嶮—路　63-19

〔昊〕

照—天　12-7

〔昆〕

尋—弟之芳筵　54-4

〔昌〕

四海殷—　序8
三才並泰—　1-14

〔昇〕

—座　4-7

〔昔〕

—者　17-12
—聞　31-4
—惜　47-8
自—然矣　53-18
在—釣魚士　56-3
—丁母憂　62-3

〔旻〕

—序　33-6
高—　44-6

〔明〕

沙宅紹—　1-9
天性—悟　1-10

至—神后　序2
—馬厩　序2
—鳥文　序2
蒙—軽嶋　序3
教—訳田　序3
莫尚—文　序6
孰先—学　序6
—是三階平煥　序7
—風箪　序10
—霧渚　序11
—前朝　序11
—後代　序12
臨—試業　4-7
引王公卿士—禁中　5-5
—長王宅 33-2, 39-2, 40-2, 41-2, 42-2, 43-2, 45-6, 47-9, 49-2, 52-5, 57-10
—是琳瑯　33-4
—煙幕　33-4
—霞帷　33-5
—浮蟻　33-5
—窓雞　33-5
—飽徳之地　33-9
—叙志之場　33-9
—焉傷志　42-3
—是雕組　42-6
—焉三元節　44-4
—宝宅　44-5
—作宝楼　44-8
—左僕射 47-2, 50-5, 51-5, 53-26, 59-2
—金谷　53-4
—竹林　53-4
—是林亭　53-6
—此九秋　53-12
—将展　53-13
—第園池　54-2
—此地　54-4
—高天　54-5
—是絃歌迭奏　54-6
至—属詞談吐　57-12
理乖—事　57-13
事迫—心　57-13
—穆　58-4
今伝—世　63-4

〔施〕

—群臣　21-3
—品生　50-3
—糸帛　62-7
修法—耳　62-7

〔旅〕

大伴宿祢—人　28-1

〔旌〕

雲—　3-13

〔旋〕

—招文学之士　序8
漢易—　47-8

〔旒〕

—紘無為　序8

无　部

〔既〕

—而以為　序6
—寂絶　16-3
—無為　25-3
—遠　28-3
—舞踏　33-9
—而日落　54-7
僧—方外士　57-19

〔曁〕

云—　序14

日　部

〔日〕

捧—而至　1-4
文藻—新　1-11
光—月　1-14
秋—言志　4-12
—嗣　5-5
春—翫鶯梅　5-10
春—応詔 7-2, 10-2, 13-2, 27-2
今—良酔徳　10-4
蓂—　10-7
斜—　12-4
龍潜之—　15-3

能属—　3-3
天—卜筮　3-4
頗愛属—　5-4
—武天皇　8-1
—酒　10-7, 17-8, 21-4, 55-9
—雅席　12-8
飛—　17-10
引雅—　24-3
五千之—　33-8
黄—連備　36-1
—藻　37-3, 63-4
背奈王行—　39-1
—華　40-3
—軌　42-5
開—遊　45-7
属—　62-2

斗　部

〔斜〕

—陰砕　8-4
—日　12-4
月—　46-10
帯風—　47-3
—暉　52-10
—雁　63-10

〔斟〕

信難—　12-5

斤　部

〔断〕

—復連　20-3
愁雲—　41-4
—雲浮　49-3
猿吟—　52-7
何日—　53-9

〔斯〕

餘翰—在　序13
傾—　45-8
螽—徴　60-4

〔新〕

文藻日—　1-11
—羅僧　3-4
烌光—　8-4
含彩—　8-9
笑花—　9-4
舞蝶—　11-3
柳条—　13-4
惟—　17-4, 28-3
猶—　17-8
秋気—　17-12
花気—　19-5
禁苑—　24-4
月共—　27-4
—鴈　31-3
—年　32-3
宴—羅客　33-2, 39-2, 40-2, 41-2, 42-2, 44-5, 45-6, 47-9, 49-2, 52-5
満地—　34-3
鶯谷—　38-3
—知　41-3
桃欲—　44-3
分含—　44-9
蘭筵—　45-4
秋光—　46-7
含月—　48-3
—知趣　49-4
扇物—　52-10
冀日—　53-30
簧声—　54-22
逐望—　55-3
采日—　63-7

方　部

〔方〕

計全躯之—　4-4
—唱白雲天　20-5
即—丈　29-4
山田史三—　33-1
溽暑—間　42-9
東—朔　53-32
—今留鳳公　56-3
—円改質　57-14
—外士　57-19

〔於〕

〔撃〕

能—剣　3-3
—壌仁　28-4
—壌民　48-4

支　部

〔改〕

方円—質　57-14

〔攸〕

是—同　16-4
—措　57-11

〔放〕

性頗—蕩　3-3
—眩　54-16, 55-4

〔故〕

—以懐風名之　序16
以其父—　15-5
已非—　17-4
尚—　17-8
非曽—　17-15
悔已—　44-3
—情　59-4
贈在京—友　63-8

〔政〕

藤太—　序11
太—大臣　1-8, 17-1
有—　17-3
寛—情　28-3
和藤原太—　51-2
奉和藤太—　64-2

〔敏〕

聡—好学　57-2

〔救〕

何—元首望　8-7

〔教〕

—於訳田　序3
釈—　序4
大学助—　42-1
聖—　52-9

〔敢〕

誰能—測　5-7
誰—間然乎　5-8
—垂裳　8-6

〔敬〕

以—愛之沖衿　33-3

〔散〕

随波—　24-4
—馥　33-8
—風朝　33-11
—鳴琴　36-3
含雪—　47-3
帯風—　48-3
仲—地　54-10

〔敦〕

仁狎—　10-3
—汎愛　22-3
—厚之栄命　33-3

〔数〕

—不過　53-4

〔敷〕

—教於訳田　序3
昇座—演　4-7
—玄造　17-3
—一寸　42-8
—講　62-6

文　部

〔文〕

人—未作　序1
於鳥—　序2
莫尚於—　序6
—学之士　序8
垂—　序9
遊心—囿　序12
逸—　序14
此—意者　序16
—武材幹　1-8
—藻日新　1-11

—官同日　53-12
—従三位中納言　63-6

〔推〕

以人事—之　5-7
為時所—　63-6

〔接〕

—莫通　17-10
—早春　28-4
—無由　53-22

〔措〕

罔知攸—　57-11

〔掃〕

—芳塵　7-4

〔探〕

—字成篇　53-8

〔捧〕

—日而至　1-4

〔握〕

—素　30-4

〔掾〕

贈—公之遷任　63-11

〔揔〕

—百揆　1-8

〔援〕

—息　17-15

〔揆〕

揔百—　1-8

〔提〕

我為苦—　62-7

〔揖〕

対—三朝使　33-11

〔搢〕

引—紳　34-3

〔摶〕

—挙非同翼　53-31

〔携〕

—杖　62-13

〔揺〕

苔—識魚有　14-4
—樹影　27-3
—落之興　42-10
—落秋　53-21

〔摹〕

規—弘遠　序7

〔播〕

—磨守　21-1

〔担〕

負—遊行　4-5

〔撰〕

余—此文意者　序16

〔撫〕

—芳題　序13
羞無監—術　1-16
—機　17-3
皇明—運　42-4
—躬之驚惕　57-14

〔操〕

—紙　42-12
人——字　42-13

〔擎〕

—授皇子　1-4

〔擬〕

之—飛　53-14

〔攀〕

—褥藻　序13
莫論—桂期　6-7
—氈野花袾　23-3
—桂　39-3
—藤　46-6
—龍鳳　53-28

—天訓 1-16
子孫相— 5-6
使人— 33-3

〔拘〕

不—法度 3-3

〔招〕

旋—文学之士 序8
—遠使 45-7
—吟古 54-22

〔拓〕

逢—民 29-3

〔拙〕

—心匡 8-6
—場 47-5

〔抽〕

濫蒙—引 57-11
—身離俗累 57-17

〔披〕

—軒 12-3
—夕霧 35-3
—霧 40-4
—雲 41-7
—鳳閣 42-6
—広宴 50-6
初—薜 53-34
—襟 57-18

無—覧 62-5

〔抱〕

開懐— 5-12
君—玉 53-23
—樹吟 63-10

〔挙〕

控鶴— 17-10
此— 53-15
何—寧戚 53-18
搏— 53-31
元来此— 63-5

〔拈〕

笑—梅花坐 65-4

〔拝〕

—太政大臣 1-8
—僧正 4-8
—治部卿 5-4
—式部卿 5-9
—入唐判官 15-4
—僧綱 57-6
遂—大使 63-5

〔拍〕

—桐琴 32-6

〔拱〕

垂—端坐 12-3
垂—勿労塵 52-9

〔指〕

—高天 6-3
—南北 30-3

〔持〕

—聖徳 57-9

〔挂〕

—庭 11-3

〔挟〕

各—私好 5-5

〔振〕

清談—発 33-5
含毫—藻 33-10
—雅藻 52-3

〔捥〕

—声悲 6-6

〔控〕

—鶴 5-14, 17-10

〔採〕

道叶—葵 53-11

〔授〕

擎—皇子 1-4
—浄大肆 5-4
—正四位 5-9

地兼帝—　5-3
寧—　53-18
長貴—　60-3

〔戮〕

—辱自終　3-7

〔戴〕

欣—鳳鸞之儀　33-3
翕欣—之心　42-5

〔戯〕

—嬌鴛　13-3
—鳥没　14-3
—鳥随波散　24-4
遊鱗—　43-4
与仙—　56-3
—嬉似少年　65-4

戸　部

〔所〕

得性—　4-13
—悲明日夜　33-15
我—難　37-3
我—好　37-3
—以　42-3
得其—　53-15
述—懐　54-8
為衆—懽　57-3
良得—　59-4
我—思兮　62-9
為時—推　63-6

〔扇〕

—海浜　17-7
歌—動梁塵　27-3
落—飄　33-12
—月幃　41-3
—物新　52-10
催—　53-7

〔扈〕

—従吉野宮　46-5

〔扉〕

山—　53-28

手　部

〔才〕

徴茂—　序6
三—並泰昌　1-14
—情　2-3
藴彼良—　3-6
満英—　24-3
愧—貧　45-5
丈夫之—　54-8
不—風　55-9
庸—　57-13
博学多—　62-2
人—穎秀　63-2

〔払〕

—弱柳　19-3
—露驚　31-3
初—長糸　53-6

〔扗〕

山川—処居　61-6

〔折〕

—花　16-4
—蘭人　17-7
逆—流　46-3

〔択〕

朝—三能士　3-12
茲—三能逸士　53-15

〔投〕

—簪　53-34
—江将神通　56-3

〔扶〕

—仙寿　57-9

〔抜〕

自—宇宙之表　42-8

〔抄〕

六帖—　62-5

〔承〕

〔憚〕

不—流水急　33-17

〔慰〕

誰—別離憂　33-15
顧—転蓬憂　45-8
—我之賓　53-7
—君三思之意　53-19

〔慶〕

朝—　15-3
法師及—　15-4

〔憲〕

—章　序7

〔憐〕

賞而可—　42-4
—其遠学　57-5

〔懐〕

輒悼傷—　序10
—風名之　序16
述—
1-15, 8-5, 37-2, 38-2, 55-8
志—温裕　2-2
開—抱　5-12
智—深　30-5
—而忘返　42-4
霊—対林野　51-4
各述所—　54-8

〔憶〕

遥—　序13
—本郷　15-9
—広宴　34-4
—閨中　63-19

〔懸〕

白露—珠日　33-11
—我一箇之榻　53-12
—榻長悲　53-21

〔懽〕

—情未充半　46-10
為衆所—　57-3

戈　部

〔戎〕

—蕃　15-7

〔成〕

勒—一巻　序15
下筆—章　1-11
共—倫　29-4
削—秀　46-3
未—眉　51-6
探字—篇　53-8
咲而—蹊　54-7
丹墀真人広—　55-1
葛井連広—　64-1

〔我〕

—亦曝涼　4-6
—国家為法也　5-6
—朝人　17-5
酔—　33-8
博—　33-9
—所難　37-3
—所好　37-3
物—両忘　42-8
問—之客　53-6
慰—之賓　53-7
懸—　53-12
—一得之言　53-19
自—弱冠　53-21
—調絃　53-23
嵆康—友　54-5
知—有麁疎　54-11
—先考　58-4
—久貧苦　62-3
—為　62-7
—所思兮　62-9

〔戒〕

留心—律　62-5

〔或〕

—吟　54-4
—詠　54-4

〔戚〕

遂結姻—　1-7

交—　2-8
仁智—　4-13
暢愁—　5-12
冠冕—　5-14
得声清驚—四字　12-6
七歩—　12-8
聖—　22-3
寛政—　28-3
遊魚—　31-4
不皈—　32-4
継叡—　39-7
懽—　46-10
天上—　50-4
愁—幾万端　52-7
風月為—　54-3
尽歓—　54-4
体物縁—　54-8
俗—　57-13
故—良得所　59-4
烋夜闌—　63-17

〔愛〕

以親—之　1-7
雅—博古　1-11
及壮—武　3-3
頗—属文　5-4
敦汎—　22-3
—良節　24-3
埋尸—　26-3
以敬—之沖衿　33-3
—客日　43-4
有—金蘭賞　44-6
—韶景　48-3
—篇翰　63-3

〔意〕

此文—者　序16
交遊之—　3-7
—謂　9-3
非存—　16-4
風前—気　53-7
三思之—　53-19
留—　62-4

〔惶〕

奉旨驚—　57-11

〔感〕

—徳　17-5
—淑気　45-3

〔愁〕

暢—情　5-12
悲長—　17-16
別—之篇　33-7
釈離—　35-4
—雲断　41-4
—心　47-7
飛乖—　49-4
—情幾万端　52-7

〔愚〕

—賢　60-3

〔慈〕

皇—被万国　39-6
釈道—　57-1, 57-2
道—啓　57-11
但道—少年　57-12
況乎道—　57-12
—範独依依　58-5

〔想〕

—風月之旧遊　序12

〔慎〕

—交遊之意　3-7

〔愧〕

還—七歩情　12-8
—不工　30-4
—才貧　45-5

〔慨〕

—然歎曰　62-3

〔慟〕

知別—　63-10

〔憂〕

不足—也　1-7
何—夜漏深　32-6
別離—　33-15
転蓬—　45-8
昔丁母—　62-3

沐—者 25-4
沐—眄 42-6
陪—席 45-5

〔恐〕

—聖朝万歳之後 1-5
—不全身 3-5
—其失養性之宜 57-14

〔恨〕

長— 15-10
唯— 33-17
呑— 63-16
—泣空 63-18

〔恧〕

終— 55-9

〔恵〕

—気四望浮 7-3

〔息〕

臣有—女 1-7
遊— 11-3
援— 17-15
—長真人臣足 34-1
無—肩之地 42-12
蝉— 45-8
無為—無事 52-9

〔悦〕

—登軽 6-4

還—湛露仁 34-4
共—望雲仁 44-4
—仙会 46-9
衆僉—服 63-5

〔悟〕

天性明— 1-10
独不— 53-16
英材明— 57-2
独— 58-4

〔悉〕

—従煨烬 序9

〔悠〕

後期— 35-5

〔惟〕

—然是輔 1-6
亦—新 17-4
—聖塵 17-5
—新 28-3
—山 29-3
且—水 29-3
山—帝者仁 51-3
近江—帝里 58-3

〔悽〕

—年暮 53-30

〔惜〕

—風声 序14

嗚呼—哉 3-6
—歳暮 12-3
昔—河難越 47-8
徘徊—寸心 63-9

〔悵〕

—望 53-23

〔惕〕

撫躬之驚— 57-14

〔悖〕

—徳之流耳 2-5

〔悼〕

輙—傷懐 序10

〔悲〕

—白鬢 序11
挹声— 6-6
—長愁 17-16
所—明日夜 33-15
秋気可— 42-3
長—揺落秋 53-21
—不遇 53-29
—哉 54-18
朝夕— 58-7
銜—藻両巻 63-4
独傷— 63-16

〔情〕

才— 2-3

〔志〕

—懐温裕 2-2
述— 3-14
遨遊— 4-11
秋日言— 4-12
山斎言— 23-2
於叙—之場 33-9
傷— 42-3
言— 53-8
蛍雪— 55-9
勗—典墳 63-3

〔忘〕

不— 序16
—私好 2-4
長— 5-14
令—帰 18-4
足—徳 24-5
勿—唐帝民 24-5
—皈待明月 32-6
—貴賤 33-5
—返 42-4
両— 42-8
—帰地 50-7
自—塵 51-4
不—皈 53-9
—言 53-11, 53-24
相— 53-31
—筌 53-35

〔忽〕

—有人 1-4
—値 4-10
—逢 12-8
—驚秋 35-3

〔忠〕

嘉其—正 2-3
—臣之雅事 2-4
不似—孝保身 3-6

〔忝〕

—寿 22-5
—簡 53-14

〔念〕

言— 序10
夙夜— 8-6

〔怨〕

馬上— 15-8
留—待明年 47-8
南裔— 63-12

〔急〕

糸響— 30-4
流水— 33-17

〔思〕

叙離— 40-3
—皈 42-3
壮—篇 44-7
塵—寂 47-5
一相— 47-11
三—之意 53-19
我所—兮 62-9
相—知別慟 63-10
寒—向桂影 63-19

〔性〕

天—明悟 1-10
—頗放蕩 3-3
得—所 4-13
—滑稽 15-2
渚—臨流水 17-13
陶— 51-4
泉石之楽— 54-6
—甚骨鯁 57-6
養—之宜 57-14
—殊端直 62-2

〔怕〕

不—風霜触 53-25

〔怜〕

須自— 65-3

〔恢〕

—開帝業 序5

〔恩〕

皇— 7-5, 34-4, 50-3
遂—詔 9-3
湛露— 10-4
皇—均 21-4

浄—原帝　3-2, 5-2, 5-4
—紫宸　17-3

〔復〕

断—連　20-3
寂—幽　49-6
不—還　62-10

〔微〕

琴益—　6-7
五明之—旨　57-4

〔徵〕

—茂才　序6
螽斯—　60-4

〔徳〕

聖—太子　序4
潤—　序6
劉—高　1-3
修—　1-6
帝—　1-14, 34-4
道—　1-16
悖—之流耳　2-5
天—　7-5
良酔—　10-4
無為聖—　12-3
感—　17-5
一人—　19-5
足忘—　24-5
至—　25-3
語—　26-3
降平—　27-3
三—人　28-3
飽—之地　33-9
大王—　40-4
飽—良為酔　51-7
持聖—　57-9
—与天地　57-9

〔徹〕

澄—苔水深　3-9

心忄　部

〔心〕

遊—文囿　序12
僧行—　3-4
忌害之—　4-3
仰論天—　5-7
—本明　6-3
拙—匡　8-6
松—入　13-4
有貪—　14-4
素—　17-13
同—之翼　33-8
翠烟—　36-4
翕欣戴之—　42-5
愁—　47-7
包—中之四海　53-5
寸—之歎　53-20
馳—　53-23
巌—　53-25
幽居—　53-36
栖—　55-4
事迫於—　57-13
滌—　57-17
留—　62-5
写—文藻　63-4
惜寸—　63-9
—為　65-5

〔必〕

何—竹林之間　42-9

〔応〕

—対如流　4-8
春日—詔
7-2, 10-2, 13-2, 27-2
従駕—詔　9-2, 20-2
三月三日—詔　16-2
元日—詔　17-2
春日侍宴—詔　17-6, 26-2
侍宴—詔　21-2
春苑—詔　22-2, 24-2
従駕吉野宮—詔　30-2
上巳禊飲—詔　39-5
元日宴—詔　44-2
—琴鱗　51-3
已—螽斯徵　60-4

〔忌〕

有—害之心　4-3
調—寸老人　16-1
調—寸古麻呂　40-1

—者賓　9-4
別—　17-16
肥—守　31-1
—期悠　35-5
鳴葉—　42-15
—夫　53-16
—験　53-17
其—授　63-6
月—　63-9, 64-4
分—莫長違　63-13

〔待〕

—明月　32-6
—明年　47-8
—君千里之駕　53-11

〔徊〕

徘—　53-23
徘—惜寸心　63-9

〔律〕

—師　57-6
戒—　62-5
宣—師　62-5

〔従〕

悉—煨烬　序9
—腋底　1-4
乱—此興　5-7
—三位　9-1
—駕応詔　9-2, 20-2
—駕上林春　9-3
—四位上　10-1, 32-1
—五位下 13-1, 19-1, 20-1, 33-1, 34-1, 35-1, 36-1, 37-1, 38-1, 39-1, 42-1, 43-1, 51-1, 56-1, 60-1
—四位下　21-1, 23-1, 25-1, 29-1
—三位　24-1, 45-1, 54-1, 55-1, 63-1
—二位　28-1
—駕吉野宮応詔　30-2
追—吉野涛　30-5
扈—吉野宮　46-5
—駕吉野宮　49-5, 56-2
外—五位下　50-1, 58-1, 59-1
—此及三韓　52-6
—王事　53-21
—来然　53-24
—融始也　62-6
欲往—兮　62-9
授—三位中納言　63-6

〔径〕

繍翼—　10-6

〔徒〕

—欲　33-12
—然貧　53-32
—知　54-6
—絶無披覧　62-5
—弄　63-10

〔得〕

—性所　4-13
安—　5-14
未—伝記　6-1
各—朝野趣　6-7
—声清驚情四字　12-6
賦—風字　39-2
賦—稀字　41-2
賦—前字　42-2
—歓娯之致　42-5
賦—烟字　44-5
賦—流字　45-6
賦—時字　47-9
賦—秋字　49-2
賦—難字　52-5
誰—勝地　53-3
—地乗芳月　53-9
各—其所　53-15
我一—之言　53-19
已—　53-28
—伊人　53-30
自—幽居心　53-36
将—水魚歓　54-16
良—所　59-4
—其人　63-5

〔徘〕

—徊　53-23
—徊惜寸心　63-9

〔御〕

弓　部

〔弓〕

月—　3-13
—削皇子　5-8
李陵—　39-4

〔引〕

—王公卿士於禁中　5-5
—雅人　24-3
—搢紳　34-3
—君子之風　42-7
—珪璋　43-3
抽—　57-11
—朝冠　59-3

〔弘〕

—闡皇猷　序5
—遠　序7
風範—深　1-2
局量—雅　2-2

〔弟〕

兄—相及　5-7
為—為兄　53-4
尋昆—之芳筵　54-4

〔弱〕

年甫—冠　1-8
—枝　6-4
払—柳　19-3
—冠　53-21

〔張〕

—嶺前　3-13
—騫跡　30-3
—歩兵　42-3
—衡林　53-35

〔弾〕

—琴　54-10, 56-3, 63-13

彡　部

〔形〕

—言　42-12

〔彩〕

含—新　8-9
秀五—　17-4
流—　33-7
映—舟　33-15
含春—　54-13

〔彭〕

—沢宴　3-10

〔影〕

日—　17-11
鵲—　17-16
松—開　19-5
揺樹—　27-3
共霞—　33-6
向桂—　63-19

彳　部

〔役〕

東山—　53-38
無前—　60-3

〔往〕

—古　8-7
洽—塵　13-5
—歳　53-38
欲—従兮　62-9
然遂不—　63-6

〔征〕

—坎　序2
北—詩　63-12

〔彼〕

蘊—良才　3-6
赴—高会　57-13

〔後〕

於—代　序12
万歳之—　1-5
納—庭　1-7
—人聯句　3-16
薨—　5-5

雲雁—　33-7
—潢流　33-14
—雲前　42-15
幾—年　53-24
西海道節—使　53-37
幾—倦　53-38
—峰翼　55-3

〔座〕

昇—敷演　4-7
芝蘭四—　42-7

〔庭〕

顧納後—　1-7
挂—　11-3
響—林　12-4
舞—　20-4
素—　24-3
天—　35-4
禊—満　39-6
水—遊鱗戯　43-4
紫—桃欲新　44-3
阿倍朝臣広—　45-1
宴—　45-7
—燠　47-4
—梅　51-6
—清　54-7

〔康〕

刀利—嗣　19-1
嵆—我友　54-5

〔庶〕

—幾　53-19

〔庸〕

試—短　39-7
此—才　57-13

〔廊〕

巌—多暇　序8

〔廬〕

草—　62-12

廴　部

〔廷〕

朝—　2-3

〔延〕

広—学士　1-9

〔廻〕

—洛浜　8-10
双—岸　11-4
—雪霏　18-3
逐石—　24-4
—鳬舄　53-14
河—　53-36
作—流　55-6

〔建〕

—邦之時　序1
—庠序　序6

廾　部

〔弁〕

釈—正　15-1
—正法師　15-2
左大—　24-1
左中—　29-1
今—　31-4
—山水　59-3

〔弄〕

—嬌声　5-11
—春色　10-6
徒—　63-10

弋　部

〔式〕

拝—部卿　5-9
—宴　7-3
—賛高風　33-10
—部卿　53-1

〔弐〕

大宰大—　10-1, 46-1

悽—暮 53-30
—餘朱買臣 53-32
今—西海行 53-38
千—奉諌餘 54-13
太宝元— 57-3
養老二— 57-6
時—七十餘 57-7
少—落鎊 57-12
賀五八—宴 60-2
表遐— 60-3
時— 63-7
似少— 65-4

〔并〕

—顕爵里 序15
—序 33-2, 42-2, 53-2, 53-10, 54-2, 57-10

〔幸〕

—陪 10-8, 48-4
—逐 30-3
多—憶広宴 34-4
—用李陵弓 39-4

〔幹〕

文武材— 1-8
称棟— 5-3

幺　部

〔幼〕

—年好学 3-2

〔幽〕

—藪 17-8
山水— 23-3
山— 30-5
叶—賞 40-3
臨—谷 45-7
寂復— 49-6
—居宅 51-3
—居心 53-36
多—趣 55-4
—棲 61-2
—隠親 64-3

〔幾〕

未—文藻日新 1-11
未—日 41-3
—万端 52-7
—知 53-3
—失然明 53-17
庶— 53-19
—度年 53-24
—度倦辺兵 53-38

广　部

〔広〕

—延学士 1-9
智趣— 10-3
過—楽 13-5
—済 16-4
—垂 19-4
—闢 33-3
憶—宴 34-4
越智道—江 37-1
—楽天 41-7
阿倍朝臣—庭 45-1
披—宴 50-6
丹墀真人—成 55-1
—談 57-4
葛井連—成 64-1

〔庄〕

—老 37-3

〔序〕

庠— 序6
并— 33-2, 42-2, 53-2, 53-10, 54-2, 57-10
旻— 33-6
調秋— 41-3
開芳— 50-3

〔底〕

従腋—出来 1-4

〔庠〕

—序 序6

〔度〕

興百度 序7
不拘法— 3-3

〔帯〕

尚—春　8-10
—祥烟　20-5
薫—身　22-4
束—　36-4
—風斜　47-3
—風散　48-3
驂—断雲浮　49-3

〔帷〕

霞—　33-5
褰—　53-21

〔常〕

朕—　8-6
—陸介　38-1
在—陸　53-10
—住釈門　57-12

〔幃〕

扇月—　41-3

〔幕〕

於烟—　33-4
為垂—　57-17

干　部

〔干〕

—禄友　54-21

〔平〕

三階—煥　序7
—都　序14
天—勝宝三年　序16
然臣—生日　1-6
天—年中　15-4, 63-4
太—日　16-5
太—風　16-5
隆—徳　27-3

〔年〕

天平勝宝三—　序16
—甫弱冠　1-8
—廾三　1-9
壬申—之乱　1-12
時—廾五　1-12
時—卅五　2-6
塵外—光満　2-8
幼—好学　3-2
時—廾四　3-7
六七—中　4-3
—七十三　4-8, 48-1
時—卅七　5-9
—卅五　7-1
—廾五　8-1, 32-1
—雖足　8-6
—五十　9-1, 26-1, 29-1
—卅八　10-1
—五十九　12-1, 41-1
—卅一　14-1
少—出家　15-2
太宝—中　15-2
天平—中　15-4, 63-4
—六十三　17-1, 24-1
—花　17-4
—卅七　18-1
—八十一　19-1
—卌五　20-1
—五十七　21-1, 46-1, 52-1
万—春　22-5
—五十二　23-1, 38-1
—六十四　27-1
—六十七　28-1
—五十六　31-1, 36-1, 47-1, 58-1
新—　32-3
—卌四　34-1, 53-1
—六十八　35-1
行—　37-3
—六十二　39-1
賀五八—　41-5
白髪—　41-6
—卅六　42-1
—五十四　44-1
—光　44-3
—開　44-9
—七十四　45-1
待明—　47-8
—七十　49-1
千—流　49-7
—六十六　51-1
于今三—　53-11
幾度—　53-24

翔—皈　12-8

—非故　17-4

—謝靈台下　33-12

—過半　37-3

秋風—発　42-3

葉—涼　43-3

梅—故　44-3

興未—　47-5

—芳裾　50-7

—含笑　51-6

邀遊—得　53-28

雖—富　53-32

良節之—暮　54-4

—応　60-4

〔巳〕

上—禊飲　39-5

〔巴〕

—音雜響　33-6

巾　部

〔巾〕

染舞—　44-4

〔市〕

十—内親王　5-3

高—皇子　5-5

大神朝臣高—麻呂　9-1

朝—遊　23-4

城—　54-10

槐—　62-2

—井之事耳　62-7

〔布〕

—求纏　65-5

〔帚〕

以宛箕—之妾　1-7

〔帖〕

六—鈔　62-5

〔帛〕

施糸—　62-7

〔帝〕

品—　序2

先—之　序5

—業　序5

淡海—　1-2, 2-2, 4-2

—徳載天地　1-14

浄御原—之長子也　3-2

—嘉之　4-8, 57-6

淡海—之孫　5-2

浄御原—之長女也　5-2

—戚　5-3

浄御原—嫡孫　5-4

漢—飛　18-4

—尭　20-3

唐—民　24-5

—徳被千古　34-4

—道　39-6

—里
47-3, 52-3, 53-27, 58-3

—者仁　51-3

—京　53-3

皆—国　54-14

〔師〕

智蔵—者　4-2

法—　4-3, 62-6, 62-7

法—察之　4-3

—向本朝　4-5

法—開襟　4-6

猶不—往古　8-7

弁正法—　15-2

法—及慶　15-4

伯倫吾—　54-5

法—学業　57-5

律—　57-6

京—　57-7

宣律—　62-5

〔席〕

風月澄遊—　2-8

文雅—　12-8

設—　39-3

金蘭—　40-3

開曲—　43-3

陪恩—　45-5

離—　45-7

濫吹—　48-4

高—　57-15

—巌　10-5

〔嵆〕

韵—琴　53-35
—康我友　54-5
遁—竹　54-16

〔嵯〕

—峨　55-6

〔嶮〕

山川—易路　63-19

〔嶺〕

張—前　3-13
一—白　12-4
疊—　20-3
—峻　30-4
寒雲千—　42-9
遥—　44-6
—高闇雲路　44-10
孫岳—　46-10
消雪—　48-4
開一—　52-10
高—嵯峨　55-6
姑射—　56-4
登峻—　57-18

〔巌〕

—廊多暇　序8
松—　9-4
崆—索神仙　10-5
縈—岫　12-4
—上翠　17-11
錦—　33-17
—前菊気芳　43-4
万丈崇—　46-3
峰—夏景変　46-7
—心　53-25
—谿　55-3, 61-3
臥—中　57-17

〔巒〕

上峰—　62-13

巛　部

〔川〕

山—麗　4-13
寓山—　10-5
玩—川　20-3
石—朝臣石足　24-1
—浄智懐深　30-5
遊吉野—
46-2, 53-33, 54-20
遊吉野—之作　51-2
山—扗処居　61-6
山—嶮易路　63-19

工　部

〔工〕

愧不—　30-4
錦綺—　55-9

〔巨〕

有—猾間釁　1-5
—勢朝臣多益須　10-1

〔左〕

—大史　18-1
—大弁　24-1
—中弁　29-1
琴書—右　42-8
—大臣　44-1, 52-1, 63-2
於—僕射 47-2, 50-5, 51-5,
53-26, 59-2
—右琴罇　53-7
兼—右京大夫　54-1
謹至以—　57-15

〔巫〕

—山行雨下　18-3

己　部

〔己〕

知—　53-24
在由—　62-10

〔已〕

—隠山　3-13
—白鬢　9-3

—幽　30-5
秋夜—池　32-5
—田史三方　33-1
小—丹桂　33-7
小—基　40-4
—際愁雲断　41-4
—水助仁　42-11
梯—客　42-14
桂—　44-7
—牖　45-7
入—家　47-4
—園宅　47-10
—水翫芳春　48-3
—惟帝者仁　51-3
—中　52-7, 53-36
王家—水　53-27
—扉　53-28
東—役　53-38
楽—仁　54-21
遊吉野—　55-2
—水随臨賞　55-3
遊—野　57-7
在竹渓—寺　57-10
竹渓—沖々　57-18
詠禆叡—　58-2
寔神—　58-3
—静　58-3
弁—水　59-3
—路　61-3
—人楽　61-4
独坐—中　61-5
—川扗処居　61-6
寄住—寺　62-3
—中　62-11, 62-12, 64-3
—川嶮易路　63-19
対—路　64-4
—水元無主　65-4

〔岐〕

—路　52-6

〔岑〕

望遥—　12-3
桂椿—　53-34

〔岳〕

—土半千賢　41-6
停南—　46-6
孫—嶺　46-10

〔岸〕

魁—奇偉　1-2
雲—　6-6
双廻—　11-4
乱残—　28-4
低—翠柳　53-6

〔岫〕

—室　10-8
縈巌—　12-4
春—　33-17

〔峨〕

嵯—　55-6

〔峻〕

器宇—遠　3-2
辞義—遠　4-7
嶺—　30-4
登—嶺　57-18

〔峰〕

霞—遠　3-9
—舒蓮　20-4
対—　32-6
—巌　46-7
度—翼　55-3
上—巒　62-13

〔嶋〕

蒙於軽—　序3
河—皇子　2-1
—則告変　2-3
中臣朝臣大—　6-1

〔峡〕

—上　54-22

〔崑〕

—山　7-4

〔崇〕

専—　序4
万丈—巌　46-3

〔崆〕

尸　部

〔尸〕

埋—愛　26-3

〔尺〕

去三—而　42-7

〔尼〕

有高孝—　4-2
就—受業　4-3
何異宜—　53-14

〔尽〕

未—争友之益　2-5
雖—　11-5
縉—　14-4
霧—　20-4
寒気—　32-3
言—　33-11
—清素　41-7
未—新知趣　49-4
—善—美　53-5
歓娯未—　53-8
—歓情　54-4

〔局〕

—量弘雅　2-2

〔居〕

隠—　6-4
閑—趣　23-3
神—　49-6
幽—宅　51-3
幽—心　53-36
卜—傍城闕　59-3
扗処—　61-6

〔屈〕

皆—服　4-8

〔屋〕

長—王　44-1
長—王宅宴　59-2
塩—連古麻呂　59-1

〔展〕

於将—　53-13
—転憶閨中　63-19

〔屣〕

倒—　47-10

〔屢〕

—見賞遇　15-3

〔属〕

能—文　3-3
頗愛—文　5-4
—暄節　34-3
時—無為　42-4
時—暮春　53-5
—詞談吐　57-12
特善—文　62-2

山　部

〔山〕

襲—　序1
—斎　2-7, 6-5
已隠—　3-13
—機霜杼　3-15
—川麗　4-13
遊龍門—　5-13
遊—水　5-14
遊—斎　6-6
—逾静　6-7
崑—　7-4
望—　10-3
寓—川　10-5
覧—水　11-2
半—金　12-4
関—月　15-8
飛文—水地　17-10
巫—　18-3
玩—川　20-3
—斎言志　23-2
来尋—水幽　23-3
—前王　25-1
—桜春　26-4
南—寿　26-5
惟—　29-3
仁—　29-5

〔射〕

姑— 10-5
姑—倫 46-7
姑—嶺 56-4
左僕— 47-2, 50-5, 51-5, 53-26, 59-2

〔将〕

為— 序16
便奪—去 1-4
老—至 5-12
花—月共新 27-4
—歌 30-4
月—継焉 33-8
—孫語 46-6
—滋草 47-4
於—展 53-13
李—鄭 53-22
老之—至也 54-7
—得 54-16
—神通 56-3

〔辱〕

卒以戮— 3-7
栄— 4-14

〔尋〕

遐— 序13
来— 4-13
—卒 15-5
来—山水幽 23-3
欲— 30-3
千— 46-3
追— 46-6, 61-3
—昆弟之芳筵 54-4
—問 55-4

〔対〕

—風日 4-6
応—如流 4-8
—此開懐抱 5-12
—翫 17-11
—峰 32-6
—揖 33-11
専—士 39-4
—晩流 45-7
—林野 51-4
—曲裏之長流 53-5
—酒 54-3
—山路 64-4

〔導〕

始— 序3

小　部

〔小〕

—山丹桂 33-7
韵—雅 39-3
—山基 40-4
沈鏡—池 53-3

〔少〕

—而好学 5-3
—年出家 15-2
刑部—輔 37-1
—俗塵 55-4
—無蛍雪志 55-9
—而出家 57-2
—年落鎊 57-12
—遊槐市 62-2
中宮—輔 64-1
似—年 65-4

〔当〕

—此之際 序8
—時宅 41-7
対酒—歌 54-3
—時徒絶 62-5

〔尚〕

莫—於文 序6
吉太— 1-10
—帯春 8-10
—易涌 12-5
塩梅道—故 17-8
人—無識 53-16

尢　部

〔就〕

—尼受業 4-3

—住山寺　62-3

〔寂〕

既—絶　16-3
塵思—　47-5
—復幽　49-6
—旧墟　54-13
俗塵—　58-3
—寞　58-6

〔宿〕

大伴—祢旅人　28-1
箭集—祢虫麻呂　50-1

〔密〕

隠—　62-5

〔寒〕

—猨嘯　6-6
—蝉嘯　12-8
—気尽　32-3
—蝉唱　33-7
—雲　42-9
—蝉鳴　42-15
林—　47-4
—鏡　48-4
蝉音—　52-7
歳—　53-17
泛—渚　56-4
蔽—体　57-16
餘—　57-19
—草　58-6
雪猶—　59-4
—風　60-4
且免—　62-13
—気　63-15
—思　63-19
—月　65-5

〔寓〕

—山川　10-5
飄—　63-3, 63-8

〔寔〕

—神山　58-3

〔富〕

雖已—　53-32

〔寛〕

—政情　28-3

〔寝〕

未安—　3-17
—裏歓如実　63-18

〔寡〕

—言晤　4-10

〔察〕

法師—之　4-3
—写三蔵要義　4-4

〔寧〕

—戚　53-18

〔寞〕

寂—　58-6

〔寥〕

—亮奏　19-4

寸　部

〔寸〕

重—陰　12-3
調忌—老人　16-1
調忌—古麻呂　40-1
敷一—而　42-8
—心之歎　53-20
惜—心　63-9

〔寺〕

造大安—　57-7
在竹渓山—　57-10
寄住山—　62-3

〔封〕

着漆秘—　4-4

〔専〕

—崇釈教　序4
—対士　39-4
真理—　58-3
九冬—　58-5

〔容〕

—暉　54-13
為時不—　57-6
雍—閑雅　63-2

〔宴〕

侍—　1-13, 19-2, 25-2, 48-2, 52-8
春苑—　3-8
彭沢—　3-10
—飲遊山斎　6-6
式—　7-3
秋—　12-6, 31-2
春日侍—　17-6, 34-2, 36-2, 45-2
豊宮—　19-4
侍—応詔　21-2
春日侍—応詔　26-2
初春侍—　28-2
—長王宅　32-2
—新羅客 33-2, 39-2, 40-2, 41-2, 42-2, 44-5, 45-6, 47-9, 49-2, 52-5
曲水—　33-16
憶広—　34-4
開良—　38-3
下—　41-7
於長王宅—　43-2, 57-10
元日—応詔　44-2
—庭　45-7
於左僕射長王宅—　50-5, 51-5, 53-26
広—　50-6
歓—曲　51-4
暮春曲—　53-2
入—宮　57-19
長屋王宅—　59-2
賀五八年—　60-2

〔害〕

有忌—之心　4-3
遂不為—　4-5

〔客〕

賓—　1-10, 51-7
星—　17-13
留—　18-4
四門—　28-3
新羅—　33-2, 39-2, 40-2, 41-2, 42-2, 44-5, 45-6, 47-9, 49-2, 52-5
梯山—　42-14
愛—日　43-4
雞林—　47-11
乗槎—　50-4
問我之—　53-6
野—　53-34

〔家〕

誰—向　3-19
我国—　5-6
少年出—　15-2
入山—　47-4
王—　53-27
少而出—　57-2
落餝出—　62-4

〔宮〕

凝紫—　13-3
出離—　16-3
豊—宴　19-4
遊吉野—　29-2
従駕吉野—応詔　30-2
扈従吉野—　46-5
従駕吉野—　49-5, 56-2
兼皇后—亮　51-1
望仙—　56-4
請入—中　57-4
入宴—　57-19
中—少輔　64-1

〔宰〕

寄真—　1-16
大—大弐　10-1, 46-1

〔宸〕

—翰垂文　序9
—駕　16-3
御紫—　17-3
陪紫—　17-8

〔寄〕

—真宰　1-16
—語　53-23
—言　54-11

藤江—　58-2
上総—　60-1

〔宇〕

功光—宙　序5
器—峻遠　3-2
結—　14-3
—宙之表　42-8
藤原朝臣—合　53-1
—宙荒芒　54-6

〔宅〕

沙—紹明　1-9
宴長王—　32-2
長王—宴 33-2, 39-2, 40-2, 41-2, 42-2, 43-2, 45-6, 47-9, 50-5, 51-5, 53-26
当時—　41-7
於宝—宴　44-5
仙霊—　46-7
長王—讌　47-2
山園—　47-10
於長王—宴　49-2, 52-5, 57-10
幽居—　51-3
長屋王—宴　59-2

〔宏〕

器範—邈　5-3

〔宋〕

—大夫　42-3

〔官〕

設爵分—　序4
薄—餘閑　序12
入唐判—　15-4
兼権造長—　45-1
倭判—　53-10
以為判—　53-12
授—　53-12
遂辞—　54-15
鋳銭長—　56-1

〔宜〕

—献南山寿　26-5
吉田連—　49-1
—此処　51-7
—裁　54-8
養性之—　57-14
—遇老　62-13

〔宛〕

以—　1-7

〔実〕

騰茂—　序11
—非此国之分　1-3
歓如—　63-18

〔宗〕

三蔵之玄—　57-3

〔宙〕

功光宇—　序5
宇—之表　42-8
宇—荒芒　54-6

〔定〕

—五礼　序7
自然—矣　5-8
嘉其一言—国　5-9
刪—詩書　53-14

〔宝〕

天平勝—三年　序16
大—年中　15-2
於—宅　44-5
於作—楼　44-8
—斎　50-6
終作—質　53-19
太—元年　57-3
三—　57-9
—殿　58-4
—珠之在衣中　62-4

〔室〕

岫—　10-8
金谷—　44-9
星織—　47-7

〔宣〕

刀利—令　41-1
—尼　53-14
—律師　62-5

得声清驚情四—　12-6
賦得風—　39-2
賦得稀—　41-2
賦得前—　42-2
人操一—　42-13
賦得烟—　44-5
賦得流—　45-6
賦得時—　47-9
賦得秋—　49-2
賦得雖—　52-5
探—　53-8
前韵四—　64-2

〔存〕

悲—意　16-4
義—　53-11

〔孝〕

忠—保身　3-6
—烏　58-7

〔斈〕 → 学

遣—唐国　4-2
高—尼　4-2

〔孤〕

詠—松　6-2
—松翠　6-3

〔季〕

乗—月　53-27

〔学〕 → 斈

斉魯之—　序3
孰先於—　序6
文—之士　序8
博—多通　1-8
広延—士　1-9
歎其洪—　1-11
幼年好—　3-2
—業穎秀　4-3
少而好—　5-3
大—博士 13-1, 19-1, 22-1, 37-1, 48-1
頗洪玄—　15-2
遣—唐国　15-3, 57-3
大—頭　16-1, 33-1, 50-1, 59-1
皇太子—士　20-1, 40-1
大—助　39-1
大—助教　42-1
—隆万巻　53-13
—類　53-32
聡敏好—　57-2
義—　57-4
—業　57-5
憐其遠—　57-5
遊—　57-5
博—多才　62-2

〔孫〕

淡海帝之—　5-2
嫡—　5-4
子—相承　5-6
—楚　6-4
将—語　46-6
—岳嶺　46-10
叔—　53-14

〔孰〕

—先於学　序6

宀　部

〔安〕

—能臨四海　1-16
未—寝　3-17
—得王喬道　5-14
苦長—　15-10
大神朝臣—麻呂　23-1
—倍朝臣首名　27-1
—倍朝臣広庭　45-1
造大—寺　57-7
—足以留意　62-4

〔守〕

播磨—　21-1
近江—　26-1
肥後—　31-1
備前—　43-1
但馬—　47-1
—部連大隅　48-1
—真空　57-17
石見—　58-1

—与大津皇子　2-2
哢鶯—　11-3
従融—也　62-6

〔妾〕

箕帚之—　1-7

〔姓〕

具題—名　序15
俗—　4-2, 15-2, 57-2, 62-2

〔姻〕

遂結—戚　1-7

〔威〕

是—猷　17-15

〔姿〕

霊—　33-14

〔姫〕

漆—　17-10

〔姧〕

近此—豎　3-6

〔娯〕

歓—之致　42-5
歓—未尽　53-8

〔媛〕

柘—　17-10

〔媿〕

還—　4-11

〔嫡〕

—孫　5-4

〔嫩〕

—柳　47-3

〔嬉〕

戯—　65-4

〔嬌〕

—鶯　5-11
弄—声　5-11
戯—鴬　13-3

〔嫣〕

鶯—樹　4-11

子　部

〔子〕

聖徳太—　序4
龍潜王—　序10
大友皇—　1-1
皇太—者　1-2
帝之長—也　1-2, 3-2
皇—　1-3, 1-4, 2-2, 3-2
皇—博学多通　1-8
為皇太—　1-9
木素貴—　1-10
太—天性明悟　1-10
河嶋皇—　2-1
第二—也　2-2
大津皇—　2-2, 3-1
詔皇—曰　3-4
太—骨法　3-5
王—者　5-2
大友太—　5-2
長—也　5-2
高市皇—　5-5
王—進奏曰　5-6
—孫相承　5-6
弓削皇—　5-8
王—叱之　5-8
有—　15-3
見天—　15-5
天—　15-5
皇太—学士　20-1, 40-1
—雲玄　41-7
引君—之風　42-7
—池流　46-10
天—下詔　53-15
非鄭—産　53-17
本国皇太—　57-8
第三—也　63-2

〔孔〕

周—糟粕　62-4

〔字〕

〔厺〕 → 去

隠逸—幽藪 17-8

〔失〕

幾—然明 53-17
恐其—養性之宜 57-14

〔夷〕

華— 42-5

〔奇〕

魁岸—偉 1-2
多—勢 55-6

〔奈〕

背—王行文 39-1

〔奉〕

—公者 2-4
叩—無限寿 21-4
—西海道節度使 53-37
—諫餘 54-13
—規 54-15
—本国皇太子 57-8
—旨 57-11
—和 64-2

〔奔〕

—蕩道路 4-4
有—命之場 42-11

〔契〕

莫逆之— 2-3
芝蘭之— 53-22

〔奏〕

王子進—曰 5-6
寥亮— 19-4
労楚— 53-31
絃歌迭— 54-6

〔奥〕

経典之—義 4-6

〔奠〕

仲秋釈— 54-17

〔奪〕

便—将去 1-4

女　部

〔女〕

息— 1-7
長— 5-2
采—朝臣比良夫 26-1
織—河 64-6

〔好〕

私— 2-4, 5-5
幼年—学 3-2
少而—学 5-3
我所— 37-3
—事者 42-4
元無— 54-10
聡敏—学 57-2

〔如〕

—此事乎 1-6
応対—流 4-8
—談倫 11-5
—何 53-12
譬— 53-16
—有 53-19
遂焉— 54-14
願言—金蘭 59-4
歓—実 63-18

〔妙〕

—通 57-3
—舞 59-3

〔妖〕

以為—言 4-7

〔姑〕

—射 10-5
—射倫 46-7
—射嶺 56-4

〔始〕

王仁—導 序3
—親万機 1-9

兼—学博士 37-1
—学助 39-1, 42-1
嘉—同 39-3
—王徳 40-4
宋—夫 42-3
左—臣 44-1, 52-1, 63-2
—宰 46-1
—弐 46-1
守部連—隅 48-1
—津連首 51-1
—器之晩 53-18
—隠 53-28
左右京—夫 54-1
大宝元年 57-3
造—安寺 57-7
遂拝—使 63-5

〔太〕

聖徳—子 序4
藤—政 序11, 64-2
皇—子 1-2, 1-9, 20-1
—政大臣 1-8, 17-1
吉—尚 1-10
—子 1-10, 3-5
—后天皇 4-5
皇—后 5-5, 5-9
大友—子 5-2
遁—賓 10-5
—平日 16-5
—平風 16-5
皇—子学士 40-1
藤原—政 51-2
本国皇—子 57-8
顧—玄 60-4

〔天〕

—造 序1
鳳翥—皇 序11
—平勝宝三年 序16
—中洞啓 1-4
—道無親 1-6
—性明悟 1-10
—命不遂 1-12
載—地 1-14
承—訓 1-16
—文卜筮 3-4
—紙 3-15
太后—皇 4-5
襲—位 5-6
論—心 5-7
高— 6-3
—徳 7-5
文武—皇 8-1
夢裡釣— 12-5
照昊— 12-7
普—蒙厚仁 13-5
—平年中 15-4
見—子 15-5
—子 15-5
遊—沢 17-5
光—下 17-7
白雲— 20-5, 53-23
蒼—麗 26-4
—庭 35-4
—欲曙 35-5
—裏麗 39-7
広楽— 41-7
—漢 46-10
秋— 47-10
—上情 50-4
—子下詔 53-15
—高 53-36
高— 54-5
—霽 54-11
普—皆帝国 54-14
—闇 54-16
—縦 54-19
—地久 57-9
変碧— 60-4
—平年中 63-4
—垂別 63-13
亦有— 65-4

〔夫〕

仕至大— 15-4
采女朝臣比良— 26-1
—秋風 42-3
宋大— 42-3
—王畿 53-3
聞—天子下詔 53-15
後— 53-16
左右京大— 54-1
—登高 54-8
丈—之才 54-8
若— 57-14

夏景—　46-7
柳雖—　57-19
—碧天　60-4

〔夐〕

—古以来　序7
遼—遊千里　63-9

夕　部

〔夕〕

此—誰家向　3-19
七—　17-14, 33-13, 35-2, 46-8, 47-6, 52-2
両観—　17-15
—霧　30-3
披—霧　35-3
辺亭—　53-21
—翫　55-3
朝—悲　58-7
—駕　63-16

〔外〕

塵—　2-8
此—　5-8
烟雲—　23-3
粉壁—　36-4
千里—　47-11
—従五位下　50-1, 58-1, 59-1
方—士　57-19
物—　64-3

〔多〕

巌廊—暇　序8
博学—通　1-8
—力　3-3
人—付託　3-4
巨勢朝臣—益須　10-1
—幸　34-4
—幽趣　55-4
—奇勢　55-6
博学—才　62-2
波—氏　62-2

〔夜〕

嘗—夢　1-3
夙—念　8-6
秋—山池　32-5
何憂—漏深　32-6
明日—　33-15
人乗芳—　53-5
明月—　53-36
清—　54-14
秌—閨情　63-17
頻—夢　63-18
月—　64-5

〔夢〕

嘗夜—　1-3
—裡　12-5
—渕々　49-7
殷—得伊人　53-30
頻夜—　63-18

大　部

〔大〕

—友皇子　1-1
藤原内—臣　1-5
願—王　1-6
—臣　1-8, 17-1
—津皇子　2-2, 3-1
浄—参　2-6
—友太子　5-2
浄—肆　5-4
—納言　6-1, 7-1, 28-1
直—二　6-1
中臣朝臣—嶋　6-1
—神朝臣高市麻呂　9-1
—宰—弐　10-1
—学博士　13-1, 19-1, 22-1, 48-1
—宝年中　15-2
至—夫　15-4
到—唐　15-5
—学頭　16-1, 33-1, 50-1, 59-1
左—史　18-1
—石王　21-1
—神朝臣安麻呂　23-1
左—弁　24-1
—伴宿祢旅人　28-1
—伴王　30-1

雖勗志典—　63-3

〔墨〕

丹—　22-4

〔塗〕

—炭　2-5

〔墀〕

金—　36-3
丹—　50-4
麗春—　51-6
丹—真人広成　55-1
積草—　58-6

〔壌〕

撃—仁　28-4
撃—民　48-4

士　部

〔士〕

文学之—　序8
広延学—　1-9
降節礼—　3-4
三能—　3-12
壮—　3-13
王公卿—　5-5
大学博—　13-1, 19-1, 22-1, 48-1
周行—　17-5
皇太子学—　20-1, 40-1
兼大学博—　37-1
専対—　39-4
三能逸—　53-15
礼法—　54-11
釣魚—　56-3
方外—　57-19
隠—　61-1
壮—　62-10

〔壬〕

—申年之乱　1-12

〔壮〕

及—愛武　3-3
—士　3-13
—思篇　44-7
—士去兮　62-10

〔声〕

飛英—　序12
惜風—之空墜　序14
鼓—　3-19
聴秋—　4-14
弄嬌—　5-11
挹—悲　6-6
得—清驚情四字　12-6
啓秋—　12-7
蝉—　23-4
歌—　24-5, 39-4
結雅—　31-4
激流—　32-4
流—　44-10
英—　52-9
簧—新　54-22
楓—落　64-4

〔壺〕

百—　42-7
等氷—　53-13

〔寿〕

唯—　19-5
無限—　21-4
忝—　22-5
—千歳　25-4
南山—　26-5
扶仙—　57-9
—共日月長　57-9

夊　部

〔夏〕

—色　4-14
—身　17-12
—色古　17-12
落—槿　20-4
—景変　46-7
初送—　49-7
—踊　50-6

〔変〕

嶋則告—　2-3

—隍 65-5

〔域〕

九—正清淳 25-3
四— 42-10
佳野— 55-4

〔基〕

李隆— 15-3
小山— 40-4

〔堂〕

朝— 63-5

〔堪〕

—沈翫 29-5

〔尭〕

十—舜 7-5
帝—叶仁智 20-3

〔堅〕

—厚地 6-3
松栢— 53-25

〔場〕

於叙志之— 33-9
有奔命之— 42-11
拙— 47-5
歩舞— 53-7
覓仙— 53-28

〔堤〕

金— 19-3
留金— 21-3
—上 45-4

〔塔〕

—本春初 1-10

〔報〕

—瓊瑶 33-12
望— 62-7

〔塞〕

北—人 15-8

〔塘〕

—柳掃芳塵 7-4
—上柳条新 13-4

〔境〕

勝— 16-3
—部王 32-1

〔塵〕

音— 序13
—外 2-8
掃芳— 7-4
似歌— 8-9
入黄— 9-3
洽往— 13-5
静胡— 15-7
惟聖— 17-5
落梁— 24-5
仰芳— 25-4
沐芳— 26-5
動梁— 27-3
飛—曲 32-4
歌台落— 33-6
—思寂 47-5
自忘— 51-4
勿労— 52-9
風—歳月 53-21
倦胡— 53-31
少俗— 55-4
俗—寂 58-3
囂—処 61-3
辞—俗 61-6
風—別 63-15
囂—遠 64-3

〔墟〕

過神納言— 54-12
寂旧— 54-13

〔墜〕

空— 序14

〔壁〕

魯—餘蠹 序14
—外 36-4
石— 53-28

〔墳〕

—辛卯　序17
—坐欲有言　5-8
—唐死　15-4
—唐憶本郷　15-9
—風煙　51-4
—常陸　53-10
留—京　53-10
—昔釣魚士　56-3
—唐　57-8
—竹渓山寺　57-10
—単躬　57-19
宝珠之—衣中　62-4
—無漏　62-9
—由己　62-10
今何—　62-12
贈—京故友　63-8

〔地〕

帝徳載天—　1-14
—兼帝戚　5-3
堅厚—　6-3
山水—　17-10
此—即方丈　29-4
飽徳之—　33-9
満—新　34-3
—若小山基　40-4
勝—良遊　42-4
無息肩之—　42-12
此—仙霊宅　46-7
勝—山園宅　47-10
勝—寂復幽　49-6
忘帰—　50-7
—是幽居宅　51-3
誰得勝—　53-3
得—乗芳月　53-9
此—　54-4
仲散—　54-10
鐘—　55-7
天—久　57-9
調黄—　60-4
茲—無伴侶　62-13
—望清華　63-2

〔坎〕

征—　序2

〔坌〕

無埃—　29-3

〔均〕

皇恩—　21-4

〔坐〕

在—欲有言　5-8
垂拱端—　12-3
追野—　47-4
独—　53-21, 63-19
独—山中　61-5
—河浜　64-5
梅花—　65-4

〔坂〕

長—紫蘭　33-8

〔坤〕

乾—　序5
洽乾—　25-3

〔垂〕

宸翰—文　序9
不敢—裳　8-6
—拱端坐　12-3
—鈎　14-3
広—栢梁仁　19-4
—毛　42-14
—拱勿労塵　52-9
為—幕　57-17
天—別　63-13
苦雲—　63-16

〔垠〕

亦難—　22-3
満九—　52-9

〔埃〕

無—坌　29-3

〔埋〕

—尸愛　26-3
—然長　53-28

〔城〕

沸—闉　15-7
—市　54-10
傍—闕　59-3

—珠起 8-9

口　部

〔四〕

—海殷昌 序8
六十—人 序15
臨—海 1-16
—首 3-1, 63-1
時年二十四 3-7
授正—位 5-9
—望浮 7-3
従—位上 10-1, 32-1
正—位下 11-1, 27-1, 46-1
得声清驚情—字 12-6
従—位下 21-1, 23-1, 25-1, 29-1
四海 25-3, 53-5
年六十— 27-1
—門客 28-3
—座 42-7
—域 42-10
年五十— 44-1
年七十— 45-1
—韵 54-8
以今月二十—日 57-11
前韵—字 64-2

〔因〕

—進逆謀 3-5
—茲竹林友 4-14
—茲望報 62-7

〔囲〕

—碁 15-3

〔国〕

非此—之分 1-3
万—表臣義 1-14
遺孛唐— 4-2
我—家 5-6
一言定— 5-9
遺学唐— 15-3, 57-3
預—親 15-7
労遠— 15-10
観万— 17-3
被万— 39-6
—風陳 45-3
殊郷— 49-4
辺— 53-23
皆帝— 54-14
簡于—中 57-4
帰来本— 57-6
奉本—皇太子 57-8

〔固〕

—以深哉 3-7

〔囿〕

遊心文— 序12

〔圃〕

玄—近 17-11
玄—梅已故 44-3

〔円〕

方— 57-14

〔園〕

一—春 7-3
—裏 8-10
啓禁— 10-3
—柳月 26-4
西—之遊 33-9
西—開曲席 43-3
山—宅 47-10
於弟—池 54-2
—池照灼 54-7
林—賞有餘 54-10

〔図〕

—烏冊於鳥文 序2
遂—不軌 3-6
—書頭 49-1
—不出 54-18

土　部

〔土〕

岳—半千賢 41-6
西— 57-5

〔在〕

斯— 序13

〔問〕

—我之客　53-6
尋—　55-4

〔唯〕

非—百篇　序9
—有関山月　15-8
—寿万歳真　19-5
—恨　33-17
—餘　58-7

〔喜〕

雖—　4-11

〔喫〕

—欝　3-12

〔喬〕

王—道　5-14

〔善〕

—談論　15-2
以—囲碁　15-3
尽—尽美　53-5
特—属文　62-2
甚—風儀　63-3

〔単〕

在—躬　57-19

〔嗚〕

—呼惜哉　3-6

〔嗣〕

謀立日—　5-5
聖—　5-8
刀利康—　19-1

〔嗤〕

衆皆—笑　4-7

〔嗟〕

空—芳餌下　14-4

〔嘉〕

—其忠正　2-3
帝—之　4-8, 57-6
—其一言定国　5-9
—辰　19-3, 25-3
—気碧空陳　26-4
相—　35-4
—賓韵小雅　39-3
設席—大同　39-3
追預—会　57-11
時皇后—之　62-6

〔嘗〕

—夜夢　1-3
—有朝譴　63-3

〔鳴〕

—泉落　9-4
竹—融　30-4
—衣玉　33-15
散—琴　36-3
—鹿爵　41-4
—葉後　42-15
—求一愚賢　60-3

〔器〕

—宇峻遠　3-2
—範宏邈　5-3
大—之晩　53-18

〔嘯〕

寒猨—　6-6
—且驚　12-8
—谷　46-6
入阮—　53-35
長—楽山仁　54-21

〔嚨〕

足飢—　57-16

〔嚬〕

益—眉　63-15

〔囂〕

—塵処　61-3
—塵遠　64-3

〔囀〕

—鳥　13-4

〔嚢〕

〔呼〕

嗚一惜哉 3-6

〔周〕

一行士 17-5
一魚 22-3
冠一埋尸愛 26-3
一池蘋 52-11
一占 53-30
久歎一 54-18
一孔 62-4
一観 62-6

〔味〕

百一 19-4
珍羞錯一 33-4

〔命〕

先帝之受一也 序5
天一不遂 1-12
催短一 3-19
一駕 5-14
一爵 17-10
敦厚之栄一 33-3
一芳筵 42-6
有奔一之場 42-11

〔哀〕

一烁節 63-12

〔咸〕

一有 32-4

〔哉〕

嗚呼惜一 3-6
固以深一 3-7
悲一図不出 54-18
傷一 63-12

〔品〕

一帝 序2
施一生 50-3

〔咲〕

一林開醫 33-6
一瞼 47-7
桃李一 54-7

〔哲〕

先一 序16
歴訪明一 57-3

〔唐〕

一使 1-3
遣孛一国 4-2
遣学一国 15-3, 57-3
在一死 15-4
入一判官 15-4
到大一 15-5
在一憶本郷 15-9
一鳳 22-3
一帝民 24-5
与一儕 26-3
時一 57-4
一王 57-5
在一 57-8
入一使 63-4

〔咞〕

一鳥与風聞 3-10
鶯一添談論 10-4
一鶯始 11-3

〔啓〕

一龍編於馬廐 序2
天中洞一 1-4
一禁園 10-3
一秋声 12-7
一水浜 21-4
一龍楼 29-5
一一千 42-14
一芳春 45-3
一良遊 52-3
若一一 54-16
道慈一 57-11
一処 57-15

〔商〕

一気艶 31-3
一郊 33-7

〔唱〕

方一白雲天 20-5
寒蟬一 33-7

—洛洲　55-7
不—　57-13
諒難—　57-16
処々—　61-4
麗人—　63-18

〔名〕

具題姓—　序15
故以懐風—之　序16
安倍朝臣首—　27-1
道公首—　31-1
貪—　54-3
亡—氏　65-1

〔含〕

赤雀—書　3-17
—香花笑叢　4-11
—彩新　8-9
—霞　32-3
—毫　33-10, 45-5
—調激　33-12
人—大王徳　40-4
分—新　44-9
—雪散　47-3
—月新　48-3
已—笑　51-6
—春彩　54-13
余—　63-12

〔吟〕

—風還　31-3
鶯—　38-3
猿—断　52-7
或—或詠　54-4
沈—　54-16
招—古　54-22
—沢　63-3
抱樹—　63-10

〔君〕

背—親而　2-5
—王　33-3
引—子之風　42-7
—候愛客日　43-4
待—　53-11
慰—三思之意　53-19
—抱玉　53-23
明—　53-30
—道　54-15
—咏北征詩　63-12

〔吾〕

伯倫—師　54-5
—衰　54-18

〔呉〕

時—越之間　4-2
—馬　53-16

〔告〕

嶋則—変　2-3

〔吹〕

—台　11-3
逐—流　23-4
濫—席　48-4
薫—　50-3

〔呑〕

—恨　63-16

〔呂〕

紀朝臣麻—　7-1
大神朝臣高市麻—　9-1
紀朝臣古麻—　12-1
美努連浄麻—　13-1
大神朝臣安麻—　23-1
調忌寸古麻—　40-1
下毛野朝臣虫麻—　42-1
百済公和麻—　47-1
箭集宿禰虫麻—　50-1
塩屋連古麻—　59-1
伊与連古麻—　60-1
石上朝臣乙麻—　63-1

〔和〕

飲—　17-5
風—　19-5
百済公—麻呂　47-1
—藤原太政　51-2
—風　52-10, 57-18
—藤江守　58-2
奉—藤太政　64-2

〔咏〕

君—北征詩　63-12

伊与連—麻呂 60-1

〔史〕

博渉経— 5-4
藤原朝臣— 17-1
左大— 18-1
田辺—百枝 22-1
山田—三方 33-1

〔叱〕

王子—之 5-8

〔召〕

物色相— 42-11

〔台〕

—上 8-3
琴— 10-7
吹— 11-3
翔—下 22-3
歌—落塵 33-6
霊— 33-12, 50-6
池— 53-7
—位 63-6

〔叨〕

—奉 21-4
濫— 45-5

〔右〕

琴書左— 42-8
左—琴罇 53-7

兼左—京大夫 54-1
無出公— 63-5

〔各〕

—挟私好 5-5
—得朝野趣 6-7
—言志 53-8
—得其所 53-15
—述所懐 54-8

〔吉〕

—太尚 1-10
遊—野 17-9
—賓 17-12
遊—野宮 29-2
従駕—野宮応詔 30-2
従駕—野宮 49-5, 56-2
—野涛 30-5
遊—野川
46-2, 51-2, 53-33, 54-20
扈従—野宮 46-5
遊—野山 55-2
—野之作 55-5
—智首 35-1
—田連宜 49-1

〔向〕

誰家— 3-19
師—本朝 4-5
—晩 42-9
高—朝臣諸足 56-1
—桂影 63-19

〔后〕

神—征坎 序2
太—天皇 4-5
皇太— 5-5, 5-9
同汾— 17-12
兼皇—宮亮 51-1
皇—嘉之 62-6

〔合〕

藤原朝臣宇— 53-1
理—先進 53-16

〔吐〕

—陽気 10-3
双—翠 44-9
末—緑 50-7
属詞談— 57-12

〔同〕

—伴僧等 4-3
—伴軽蔑 4-5
—伴登陸 4-6
—桂栄 6-4
是攸— 16-4
—汾后 17-12
—賀撃壌仁 28-4
—心之翼 33-8
嘉大— 39-3
—日 53-12
非—翼 53-31
—欣 54-6

〔参〕

浄大— 2-6

又　部

〔又〕

—不同 57-13

〔及〕

—至淡海先帝 序5
—津謀逆 2-3
—壮 3-3
若兄弟相— 5-7
法師—慶 15-4
—三韓 52-6

〔双〕

—廻岸 11-4
—遣 42-9
—吐翠 44-9
—鬢霜 65-3

〔友〕

大—皇子 1-1
朋— 2-3
争—之益 2-5
求—鶯 4-11
竹林— 4-14
大—太子 5-2
此俺— 31-4
良— 53-4
嵆康我— 54-5
—非干禄— 54-21
在京故— 63-8

〔収〕

—魯壁之餘蠹 序14

〔叓〕 → 事

能—紀筆 53-8

〔受〕

—命也 序5
—業 4-3

〔叔〕

—孫 53-14

〔叙〕

於—志之場 33-9
—離思 40-3

〔叡〕

—睠 21-3
継—情 39-7
詠裨— 58-2
裨— 58-3

〔叢〕

花笑— 4-11
登談— 39-3
仙桂— 61-3

口　部

〔可〕

秋気—悲 42-3
—憐 42-4
—有五首詩 62-8

〔叶〕

—仁智 20-3
—幽賞 40-3
道— 53-11

〔句〕

後人聯— 3-16

〔古〕

夐—以来 序7
閲—人之遺跡 序12
愛博— 1-11
—人 3-7
往— 8-7
紀朝臣—麻呂 12-1
夏色— 17-12
迪—道 28-3
被千— 34-4
調忌寸—麻呂 40-1
招吟— 54-22
万—色 58-5
—樹 58-6
塩屋連—麻呂 59-1

—裔怨　63-12

〔博〕

皇子—学多通　1-8
雅愛—古　1-11
—覧　3-3
—渉経史　5-4
大学—士　13-1, 19-1, 22-1, 48-1
—我　33-9
兼大学—士　37-1
—学多才　62-2

ト　部

〔ト〕

解天文—筮　3-4
—居　59-3

〔占〕

周—載逸老　53-30

卩　部

〔卯〕

辛—　序17

〔即〕

—方丈　29-4
—激流　32-4
—事形言　42-12
曲—鳳楼詞　47-11
—此乗槎客　50-4
—是忘帰地　50-7
—是丈夫之才　54-8

〔巻〕

勒成——　序15
雲—羅　20-4
雲—　49-6
学陸万—　53-13
万—　53-32
銜悲藻両—　63-4

〔卿〕

治部—　5-4, 11-1, 32-1
王公—士　5-5
式部—　5-9, 53-1
兵部—　23-1, 27-1, 54-1
刑部—　25-1
兼中務—　63-1

厂　部

〔厚〕

未詳—薄　2-4
—交者　2-5
堅—地　6-3
蒙—仁　13-5
—賞賜　15-5
敦—之栄命　33-3

〔原〕

橿—　序1
藤—内大臣　1-5
浄御—帝之長子也　3-2
浄御—帝之長女　5-2
浄御—帝嫡孫　5-4
藤—朝臣史　17-1
藤—太政　51-2
藤—朝臣総前　52-1
藤—朝臣宇合　53-1
藤—朝臣万里　54-1

〔厩〕

於馬—　序2

ム　部

〔去〕→ 厺

便奪将—　1-4
沈—輪　8-3
駕鶴—　17-13
—三尺而　42-7
一—殊郷国　49-4
—来　53-6
辞栄—　54-13
帰—　54-14
皈—　54-15
荏苒—　58-5
壮士—兮　62-10

匸　部

〔匹〕

三百—　62-7

十　部

〔十〕

凡一百二—篇　序15
六—四人　序15
—一月也　序17
時年七—三　4-8
—市内親王　5-3
天徳—尭舜　7-5
年五—　9-1, 26-1, 29-1
年五—九　12-1, 41-1
年六—三　17-1, 24-1
年八—一　19-1
年五—七　21-1, 46-1, 52-1
年五—二　23-1, 38-1
年六—四　27-1
年六—七　28-1
年五—六　31-1, 36-1, 47-1, 58-1
年六—八　35-1
年六—二　39-1
年五—四　44-1
年七—四　45-1
年七—三　48-1
年七—　49-1
年六—六　51-1
—有六歳　57-5
年七—餘　57-7

〔廾〕

年—三　1-9
時年—五　1-12
時年—四　3-7
年—五　8-1, 32-1
以今月—四日　57-11

〔千〕

寿—歳　25-4
—秋　26-5, 52-3
以五—之文　33-8
被—古　34-4
半—賢　41-6
以—里覊遊　42-6
寒雲—嶺　42-9
啓一—　42-14
—尋　46-3
—里外　47-11
—年流　49-7
越—禩　52-9
—里之間　53-3
—里之駕　53-11
—歳之間　54-5
—年奉諫餘　54-13
遊—里　63-9

〔卅〕

時年—五　2-6, 7-1
時年—七　5-9, 18-1
年—八　10-1
年—一　14-1
年—六　42-1

〔半〕

—山金　12-4
已過—　37-3
—千賢　41-6
未充—　46-10
—落　53-6

〔卌〕

年—五　20-1
年—四　34-1, 53-1

〔卒〕

—以戮辱自終　3-7
尋—　15-5

〔南〕

—林側　14-3
—山寿　26-5
指—北　30-3
—浦之送　33-10
—亭肅　42-10
停—岳　46-6
—登　49-3
遊—浦　52-11
—池　53-2
—冠　53-31
—荒　63-3, 63-8

神— 22-3

〔劣〕

勢無— 53-4

〔助〕

荊—仁 18-1

大学— 39-1

大学—教 42-1

山水—仁 42-11

〔努〕

美—連浄麻呂 13-1

〔労〕

—遠国 15-10

為何— 37-3

勿—塵 52-9

—楚奏 53-31

〔勗〕

雖—志典墳 63-3

〔動〕

—春節 16-3

—芳春 24-3

—梁塵 27-3

臨水— 51-6

—金波 64-6

〔務〕

然毋三絶— 8-7

中—卿 63-1

〔勒〕

—成 序15

〔勤〕

願大王—修徳 1-6

〔勝〕

天平—宝三年 序16

—境 16-3

—地 42-4, 47-10, 49-6, 53-3

〔勢〕

巨—朝臣多益須 10-1

—無劣 53-4

多奇— 55-6

勹　部

〔勿〕

—用未安寝 3-17

—忘唐帝民 24-5

—労塵 52-9

〔包〕

—心中之四海 53-5

匕　部

〔化〕

—俗 序6

清—朗 25-3

造—趣 30-4

清絃入— 53-24

神—遠 54-19

〔北〕

—池涛 14-3

—塞人 15-8

衛—辰 26-5

朝雲指南— 30-3

以—林靄 42-10

継—梁之芳韵 42-12

—節倦胡塵 53-31

—征詩 63-12

匚　部

〔叵〕

賞—舒 50-7

〔匡〕

拙心— 8-6

〔匪〕

—今日耳 53-18

—今耳 53-24

—払　53-6
—披薜　53-34

〔判〕

—事　14-1
拝入唐—官　15-4
倭—官　53-10
—官　53-12

〔別〕

—後悲長愁　17-16
—愁之篇　33-7
—離憂　33-15
送—何依々　41-3
—離絃　42-15
贈—無言語　52-7
乍—殊郷　53-12
有—　53-22
杳然—　57-16
知—慟　63-10
天垂—　63-13
風塵—　63-15

〔利〕

刀—康嗣　19-1
刀—宣令　41-1
狥—　54-3

〔制〕

肇—　序4
—設　53-14

〔到〕

—大唐　15-5

〔削〕

弓—皇子　5-8
—成秀　46-3

〔前〕

逖聴—修　序1
於—朝　序11
張嶺—　3-13
階—　13-4
浪—紅　17-11
面—　17-16
山—王　25-1
人—楽緒稀　41-4
賦得—字　42-2
度雲—　42-15
備—守　43-1
巌—菊気芳　43-4
仍用—韵　51-2
藤原朝臣総—　52-1
風—　53-7, 63-9, 64-4
明月—　53-23
梁—　54-22
無—役　60-3
驚—恨泣空　63-18
—韵四字　64-2

〔則〕

爰—建庠序　序6
憲章法—　序7
嶋—告変　2-3
—乱従此興　5-7
—聖日　36-4
然—　42-3
—有　53-3

〔剣〕

能撃—　3-3

〔刪〕

—定詩書　53-14

〔創〕

草—　序1

〔劉〕

唐使—徳高　1-3

力　部

〔力〕

多—而　3-3

〔加〕

—以物色相召　42-11
特—優賞　57-5

〔功〕

—光宇宙　序5
有道神—　12-3

冫　部

〔冬〕

─十一月也　序17
─条　8-10
─花　48-4
九─専　58-5
三─　63-15

〔冷〕

星楡─　33-14
運─　54-18
雪─々　57-18

〔凌〕

─雲　6-3
─雲響　63-10

〔凝〕

─紫宮　13-3
─麾　27-4
于時露─　33-6

几　部

〔凡〕

─一百二十篇　序15
異─類　55-7

〔処〕

燭─煎　47-7
酒─泛　50-3
宜此─　51-7
歴歌─　53-7
易─　57-14
啓─　57-15
先考之旧禅─　58-2
精禅─　58-6
囂塵─　61-3
風煙─々同　61-4
扛─居　61-6

〔夙〕

─夜念　8-6

〔鳬〕

廻─舃　53-14

凵　部

〔出〕

詞人間─　序10
─来　1-4
─言為論　1-11
少年─家　15-2
─離宮　16-3
─雲介　35-1
図不─　54-18
─家　57-2, 62-4
時─京師　57-7
試─　61-3
無─公右　63-5

刀刂　部

〔刀〕

─利康嗣　19-1
─利宣令　41-1

〔分〕

─官　序4
此国之─　1-3
─綺色　33-5
─含新　44-9
岐路─衿易　52-6
─後　63-13

〔刑〕

─部卿　25-1
─部少輔　37-1

〔列〕

─星　33-4
遺─　63-7

〔初〕

塔本春─　1-10
─春　44-8, 47-2, 57-10
─春侍宴　28-2
─秋　40-2
─送夏　49-7
─涼至　52-3

年—十三　17-1, 24-1
年—十四　27-1
年—十七　28-1
年五十—　31-1, 36-1, 47-1, 58-1
年—十八　35-1
年—十二　39-1
年三十—　42-1
年—十—　51-1
十有—歳　57-5
正—位上　40-1, 41-1, 47-1
—首　53-1
—帖抄　62-5

〔共〕

—紘響　3-10
—陶然　3-12
—詠　16-5
—虞隣　26-3
月—新　27-4
—遊　28-4
—成倫　29-4
—霞影　33-6
—遂風　39-4
—悦　44-4
—許親　46-6
—日月長　57-9

〔兵〕

—部卿　23-1, 27-1, 54-1
張歩—　42-3
倦辺—　53-38

〔其〕

—洪学　1-11
嘉—忠正　2-3
薄—才情　2-3
陥—塗炭　2-5
—一言　5-9
以—父故　15-5
得—所　53-15
—詞日　53-20
憐—遠学　57-5
恐—失養性之宜　57-14
難得—人　63-5
—後　63-6

〔具〕

—題　序15
—語　1-5

〔典〕

経—之奥義　4-6
雖勗志—墳　63-3

〔兼〕

—帝戚　5-3
—能書画　5-4
—神祇伯　29-1
—陳　33-10
—大学博士　37-1
—権造長官　45-1
—皇后宮亮　51-1
—左右京大夫　54-1
—中務卿　63-1

〔冀〕

—日新　53-30

冂　部

〔冊〕

烏—　序2

〔冉〕

—々逝不留　35-3

冖　部

〔写〕

—三蔵要義　4-4
清—西園之遊　33-9
—心文藻　63-4

〔冠〕

—于篇首　序15
年甫弱—　1-8
—冕情　5-14
—周　26-3
弱—　53-21
南—　53-31
引朝—　59-3

執一於学 序6
一哲遺風 序16
一進輩 9-4
蝶一舞 12-5
理合一進 53-16
一考之旧禅処 58-2
我一考 58-4

〔兆〕

臨一民 17-3

〔免〕

且一寒 62-13

入　部

〔入〕

百済一朝 序2
一苑望青陽 5-11
一蓬瀛 5-14
一黄塵 9-3
一琴台 10-7
松心一 13-4
一唐判官 15-4
一松風 17-11
転一曲 29-4
並一別離絃 42-15
一歌曲 44-4
一山家 47-4
一瓊楼 52-4
叔孫一漢 53-14
清絃一化 53-24
一阮嘯 53-35
請一宮中 57-4
預一 57-5
一宴宮 57-19
一風伝 58-4
一唐使 63-4
遷任一京 63-11
逾一鬢 63-15

〔内〕

藤原一大臣 1-5
十市一親王 5-3
三春之一 53-3

〔全〕

不一身 3-5
計一躯之方 4-4
一有異 57-13

〔両〕

一観夕 17-15
物我一忘 42-8
一楊樹 58-7
衘悲藻一巻 63-4

八　部

〔八〕

年卅一 10-1
年一十一 19-1
一音 19-4
年六十一 35-1
賀五一年 41-5
一石洲 49-6
賀五一年宴 60-2
五一表遐年 60-3

〔兮〕

觴一 42-11
詠一 42-11
我所思一 62-9
欲往従一 62-9
路険易一 62-10
壮士去一 62-10

〔公〕

奉一者 2-4
群一 3-10
王一卿士 5-5
道一首名 31-1
百済一和麻呂 47-1
僕与明一 53-11
一潔 53-13
明一 53-15
非斉桓一 53-18
留鳳一 56-3
無出一右 63-5
贈掾一之遷任入京 63-11

〔六〕

一十四人 序15
一七年中 4-3

—雅曲　10-4
而—扇　53-7
未—臭　53-27

〔傷〕

輙悼—懐　序10
—志　42-3
飛西—之華篇　42-12
今—漢易旋　47-8
—哉　63-12
独—悲　63-16

〔僉〕

衆—悦服　63-5

〔僧〕

—行心　3-4
同伴—等　4-3
拜—正　4-8
高—　57-4
拜—綱律師　57-6
—既方外士　57-19

〔僕〕

於左—射 47-2, 50-5, 51-5, 53-26, 59-2
—与明公　53-11
—聖代之狂生耳　54-3

〔儀〕

鳳鸞之—　33-3
設礼—　53-14
機—　57-13
風—　63-3

〔儕〕

与唐—　26-3

〔優〕

—是　5-12
—遊　7-3
特—詔　15-5
——沐恩者　25-4
—賞　57-5

儿　部

〔元〕

—首望　8-7
朝—　15-3
—眅本朝　15-4
—日応詔　17-2
—日臨兆民　17-3
—首　25-4
—日宴応詔　44-2
三—節　44-4
—無好　54-10
大宝—年　57-3
—来未達　57-12
—来此挙　63-5
—無主　65-4

〔兄〕

若—弟相及　5-7
為弟為—　53-4

〔充〕

—筵　33-4
未—半　46-10

〔光〕

功—宇宙　序5
潤徳—身　序6
皇明—日月　1-14
年—満　2-8
曦—　3-13
重—　7-3
烁—新　8-4
—天下　17-7
煙—　17-11
—華節　19-3
泛栄—　20-5
済—軽　32-3
列星—　33-4
風—暮　36-3
歳—時物　42-3
年—　44-3
秋—新　46-7
曉—浮　46-10
韜—　53-24
送秋—　53-27
流—織女河　64-6

〔先〕

—帝　序5

〔便〕

—奪将去 1-4

〔保〕

—身 3-6

〔侶〕

無伴— 62-13

〔俜〕

伶—須自怜 65-3

〔倶〕

—豁笑 3-12
—頌 21-4
—欣 50-4

〔倦〕

賞無— 27-4
—胡塵 53-31
—辺兵 53-38
—禽日暮還 62-12

〔候〕

物—明 2-8
物—芳 4-13
物— 34-3

〔俺〕

—友 31-4

〔修〕

前— 序1
勤—徳 1-6
—法施耳 62-7

〔値〕

忽—竹林風 4-10

〔倒〕

—載帰 3-10
—屣 47-10

〔倍〕

安—朝臣首名 27-1
安—朝臣広庭 45-1

〔俯〕

—仰 19-5
—雁池而 42-6

〔倫〕

如談— 11-5
共成— 29-4
姑射— 46-7
伯—吾師 54-5

〔倭〕

贈—判官 53-10

〔偶〕

—見法華経 62-3

〔側〕

南林— 14-3
梅苑— 16-4

〔停〕

—南岳 46-6

〔偏〕

—迎北塞人 15-8

〔偉〕

魁岸奇— 1-2

〔備〕

黄文連— 36-1
礼楽—而 42-5
—前守 43-1

〔傍〕

—城闕 59-3

〔傾〕

—盞 3-12
—菊酒 32-6
—斯浮菊酒 45-8
罇—人酔 54-7
—門車馬疎 54-14

〔催〕

—短命 3-19
—詩人 7-3

同—軽蔑　4-5
同—登陸　4-6
大—宿祢旅人　28-1
大—王　30-1
無—侶　62-13

〔余〕

—以薄官　序12
—撰　序16
然—以為　2-4
—亦疑之　2-6
自軽—　61-6
—含　63-12

〔伶〕

—傳　65-3

〔依〕

—仁智　7-3
相—　33-6
何—々　41-3
独—々　58-5

〔佳〕

—野域　55-4
—野之作　64-2

〔使〕

遂—　序3
唐—　1-3
—人承　33-3
三朝—　33-11
—人　41-4, 42-6
招遠—　45-7
西—　49-3
梯航—　52-6
—各得其所　53-15
節度—　53-37
入唐—　63-4
拝大—　63-5

〔侍〕

—宴　1-13, 19-2, 25-2, 48-2, 52-8
春日—宴　17-6, 34-2, 36-2, 45-2
春日—宴応詔　26-2
初春—宴　28-2
—宴応詔　21-2
—讌　50-2

〔来〕

夐古以—　序7
出—　1-4
—尋　4-13, 23-3
神代以—　5-6
人—　14-3
盞遅—　33-17
去—花辺　53-6
従—然　53-24
帰—本国　57-6
元—未達　57-12
元—此挙　63-5

〔俄〕

—為積草墀　58-6

〔侯〕

君—　43-4

〔俊〕

誦英—　11-4

〔信〕

—難斟　12-5

〔俎〕

玉—　33-4, 54-19
雕—　42-6

〔促〕

—膝難　52-6

〔俗〕

—漸　序3
調風化—　序6
—姓　4-2, 15-2, 57-2, 62-2
少—塵　55-4
—情　57-13
離—累　57-17
—塵寂　58-3
無—事　61-3
辞塵—　61-6
遂脱—累　62-4

—終 2-6
下— 3-5
襲天— 5-6
授正四— 5-9
正三— 7-1, 53-1
従三— 9-1, 24-1, 45-1, 54-1, 55-1, 63-1
従四—上 10-1, 32-1
正四—下 11-1, 21-1, 27-1, 46-1
正五—上 12-1, 26-1, 48-1
従五—下 13-1, 19-1, 20-1, 33-1, 34-1, 35-1, 36-1, 37-1, 38-1, 39-1, 42-1, 43-1, 51-1, 56-1, 60-1
正五—下 16-1, 18-1, 31-1, 49-1, 64-1
贈正一— 17-1, 52-1
従四—下 23-1, 25-1, 29-1
従二— 28-1
正六—上 40-1, 41-1, 47-1
正二— 44-1
外従五—下 50-1, 58-1, 59-1
授従三— 63-6
自登台— 63-6

〔何〕

—以 8-6
—救 8-7
—論 23-4
—人 29-5
—憂 32-6
為—労 37-3
—事 39-4
—能 39-7
—依々 41-3
—用 41-7, 53-28
—必 42-9
—須 46-7, 60-4
—日断 53-9
如— 53-12
—異 53-14
—挙 53-18
—見 53-22
—逢 53-22
—煩 57-19
今—在 62-12

〔作〕

末— 序1
—者 序15
於—宝楼 44-8
一—茅渟 46-4
還— 49-4
吉野川之— 51-2
終—宝質 53-19
節度使之— 53-37
吉野之— 55-5
—廻流 55-6
柳樹之— 58-2
佳野之— 64-2

〔似〕

不—世間人 1-3
—歌塵 8-9
猶— 53-25
—少年 65-4

〔住〕

常—釈門 57-12
寄—山寺 62-3

〔体〕

—随漢帝飛 18-4
—物 54-8
蔽寒— 57-16

〔但〕

—時 序9
—末尽 2-5
—事 5-12
—馬守 47-1
—道慈 57-12

〔低〕

—岸 53-6
—玉柯 64-6

〔伯〕

神祇— 29-1
—倫吾師 54-5
—英書 54-10

〔伴〕

同—僧等 4-3

—敬愛之沖衿　33-3
—五千之文　33-8
—三百之什　33-9
所—　42-3
—五日休暇　42-5
—千里羈遊　42-6
—北林靄　42-10
加—　42-11
直—　54-3
—今月二十四日　57-11
裁—韻　57-15
—辞　57-15
—左　57-15
安足—留意　62-4
自此—下　62-8

〔仕〕

—至大夫　15-4

〔仙〕

神—　10-5, 16-4
霊—　17-13
—霊宅　46-7
—蹕　20-3
—槎　20-5
設—蓹　21-4
—舟　24-4
神—迹　30-5
—駕　33-14
—車　35-4
泛—蓹　44-3
悦—会　46-9
—期　47-7
神—会　52-4
覓—場　53-28
逢—　55-7
与—戯　56-3
望—宮　56-4
扶—寿　57-9
—桂叢　61-3

〔他〕

—郷　63-18

〔付〕

人多—託　3-4

〔代〕

於後—　序12
神—　5-6
—火　8-10
万—　29-3, 54-19
聖—　54-3

〔令〕

—忘帰　18-4
刀利宣—　41-1
—講　57-4
—節　60-4

〔伊〕

—与部馬養　20-1
得—人　53-30
—与連古麻呂　60-1

〔休〕

—暇景　5-11
五日—暇　42-5
不曽—　53-21

〔仰〕

—論　5-7
俯—　19-5
誰不—芳塵　25-4
—韶音　36-4
—芳猷　54-19

〔仲〕

—散地　54-10
—秋釈奠　54-17

〔伝〕

—記　6-1
—盞莫遅　51-7
入風—　58-4
今—於世　63-4

〔任〕

解—皈　57-7
乖—物之用　57-14
遷—　63-11

〔伐〕

—木　53-11

〔位〕

—随　49-3
—乗　53-5
—尚無識　53-16
知—之難　53-18
得伊—　53-30
行—　53-38
—酔　54-7
丹墀真—広成　55-1
添下—　57-2
一百—　57-4
民黒—　61-1
山—楽　61-4
—才　63-2
其—　63-5
麗—同　63-18

〔介〕

出雲—　35-1
常陸—　38-1

〔今〕

—日　10-4
—漢主　15-7
—之見吉賓　17-12
—日足忘徳　24-5
—弁　31-4
—日賞　32-4
—更　37-3
—傷　47-8
—日夢渕々　49-7
于—三年　53-11
匪—日耳　53-18
—贈一篇之詩　53-19
匪—耳　53-24
—年　53-38
—日之事　54-8
方—　56-3
以—月二十四日　57-11
—闕焉　62-8
—何在　62-12
—伝於世　63-4

〔什〕

以三百之—　33-9

〔仍〕

—用前韵　51-2, 64-2

〔仁〕

王—　序3
—智　4-13, 7-3, 10-5, 11-5, 20-3, 23-4, 27-4
—狎敦　10-3
蒙厚—　13-5
開静—　17-13
荊助—　18-1
栢梁—　19-4
—趣　24-3
解網—　26-3
撃壌—　28-4
亦能—　29-3
—山　29-5
—趣遠　30-5
湛露—　34-4
助—　42-11
望雲—　44-4
智与—　46-6
帝者—　51-3
楽山—　54-21
—王般若　57-4
開—対山路　64-4

〔以〕

—為　序6, 1-10, 2-4, 4-5, 4-7, 53-12
夐古—来　序7
—降　序10
余—　序12
故—懐風名之　序16
—宛　1-7
—親愛之　1-7
—試之　1-8
—此　3-5, 4-10
—忠孝　3-6
—戮辱　3-7
固—深哉　3-7
—木筒　4-4
神代—来　5-6
—襲天位　5-6
—人事　5-7
—降　6-1
独—星間鏡　8-4
何—　8-6
暫—　11-3
—善　15-3
—其父故　15-5

外従一位下
50-1, 58-1, 59-1
一車　53-13
一明之微旨　57-4
賀一八年宴　60-2
一八表遐年　60-3
一首詩　62-8

〔井〕

市一之事耳　62-7
葛一連広成　64-1

亠　部

〔亡〕

一名氏　65-1

〔亦〕

余一疑之　2-6
我一　4-6
一無窮　16-3
一惟新　17-4
一難垠　22-3
一能仁　29-3
一比肩　42-14
深一静　49-6
一頗　63-3
一有天　65-4

〔交〕

厚一者　2-5
期一情　2-8
慎一遊　3-7
一甫珮　18-4
一泰春　27-3
一映　42-7
琴瑟之一　53-22

〔京〕

帝一　53-3
留在一　53-10
左右一大夫　54-1
一師　57-7
在一故友　63-8
入一　63-11

〔亭〕

南一肅　42-10
風一悦仙会　46-9
林一　53-6
辺一夕　53-21

〔亮〕

寥一奏　19-4
皇后宮一　51-1

人亻　部

〔人〕

一文　序1
一趨　序3
詞一　序10
古一之遺跡　序12
六十四一　序15
世間一　1-3
忽有一　1-4
一多付託　3-4
一臣之相　3-5
古一　3-7
後一聯句　3-16
以一事　5-7
諸一未得　6-1
催詩一　7-3
一来　14-3
朝主一　15-6
北塞一　15-8
調忌寸老一　16-1
我朝一　17-5
折蘭一　17-7
詠美一　18-2
一一徳　19-5
点英一　22-4
大伴宿祢旅一　28-1
三徳一　28-3
中臣朝臣一足　29-1
何一　29-5
使一　33-3, 41-4, 42-6
息長真一臣足　34-1
一含大王徳　40-4
一前　41-4
酌賢一之酎　42-8
一操一字　42-13
紀朝臣男一　46-1
一是　47-11

從王一　53-21
今日之一　54-8
理乖於一　57-13
一迫　57-13
無俗一　61-3
市井之一　62-7

二　部

〔二〕

凡一百一十篇　序15
一首　1-1, 4-1, 5-1, 6-1, 10-1, 10-2, 12-1, 15-1, 17-9, 29-1, 29-2, 30-1, 30-2, 32-1, 39-1, 41-1, 45-1, 49-1, 50-1, 51-1, 57-1, 61-1, 64-1
第一子也　2-2
直大一　6-1
年五十一　23-1, 38-1
從一位　28-1
年六十一　39-1
正一位　44-1
一毛　53-32
養老一年　57-6

〔于〕

冠一篇首　序15
一時　序16, 33-6
終一浄大参　2-6
一今三年　53-11
簡一国中　57-4

〔云〕

一曁　序14
一尒　序16
日一暮矣　33-8
一々　33-10
秋一暮　43-3
一爾　53-8, 54-9
誰一易　54-15

〔五〕

定一礼　序7
時年廾一　1-12
一言　1-13, 1-15, 2-7, 3-8, 3-11, 3-18, 4-9, 4-12, 5-10, 5-13, 6-2, 6-5, 7-2, 8-2, 8-5, 8-8, 9-2, 10-2, 11-2, 12-6, 13-2, 14-2, 15-6, 15-9, 16-2, 17-2, 17-6, 17-9, 17-14, 18-2, 19-2, 20-2, 21-2, 22-2, 23-2, 24-2, 25-2, 26-2, 27-2, 28-2, 29-2, 30-2, 31-2, 32-2, 32-5, 33-2, 33-13, 33-16, 34-2, 35-2, 36-2, 37-2, 38-2, 39-2, 39-5, 40-2, 41-2, 41-5, 42-2, 43-2, 44-2, 44-5, 44-8, 45-2, 45-6, 46-5, 46-8, 47-2, 47-6, 47-9, 48-2, 49-2, 49-5, 50-2, 50-5, 51-2, 51-5, 52-2, 52-5, 52-8, 53-2, 53-29, 53-33, 53-37, 54-2, 54-12, 54-17, 54-20, 55-2, 55-8, 56-2, 57-8, 57-10, 58-2, 59-2, 60-2, 61-2, 61-5, 63-8, 63-11, 63-14, 63-17, 64-2, 64-5, 65-2
時年卌一　2-6
年廾一　8-1, 32-1
年一十　9-1, 26-1, 29-1
年一十九　12-1, 41-1
正一位上　12-1, 26-1, 48-1
從一位下　13-1, 19-1, 20-1, 33-1, 34-1, 35-1, 36-1, 37-1, 38-1, 39-1, 42-1, 43-1, 51-1, 56-1, 60-1
正一位下　16-1, 18-1, 31-1, 49-1, 64-1
一首　17-1, 54-1, 62-1
秀一彩　17-4
年卌一　20-1
年五十七　21-1, 46-1, 52-1
年一十二　23-1, 38-1
年一十六　31-1, 36-1, 47-1, 58-1
以一千之文　33-8
賀一八年　41-5
以一日休暇　42-5
年一十四　44-1
罇一　45-3

宝珠—在衣中 62-4
皇后嘉— 62-6
市井—事耳 62-7
贈掾公—遷任入京 63-11
佳野—作 64-2

〔乏〕

—雕虫 4-11

〔乎〕

逮— 序4
如此事— 1-6
間然— 5-8
況— 42-4, 57-12

〔乍〕

—留連 10-7
—別 53-12

〔乖〕

飛—愁 49-4
理— 57-13
—任物之用 57-14

〔乗〕

—乾 序2
聊— 5-11
—査浚 17-13
—槎客 50-4
—芳夜 53-5
—芳月 53-9
—季月 53-27
—良節 54-4
—輿 59-3

乙乚　部

〔乙〕

石上朝臣—麻呂 63-1

〔九〕

年五十— 12-1, 41-1
—域 25-3
—秋韶 33-11
満—垠 52-9
—秋 53-12
—冬専 58-5
—月衰 58-6

〔也〕

受命— 序5
未之有— 序7
冬十一月— 序17
長子— 1-2
不足憂— 1-7
第二子— 2-2
帝之長子— 3-2
太子之長子— 5-2
為法— 5-6
此日— 42-9
草— 42-10
樹— 42-10
是日— 53-5
将至— 54-7
従融始— 62-6
第三子— 63-2
皆此類— 63-6

〔乱〕

経—離 序9
壬申年之— 1-12
則—従此興 5-7
—残岸 28-4
—藻浜 44-10

〔乾〕

乗— 序2
—坤 序5
洽—坤 25-3

亅　部

〔事〕→ 叓

如此— 1-6
雅— 2-4
—迎逢 4-10
以人—推之 5-7
但—酌春觴 5-12
判— 14-1
文酒— 17-8
何— 39-4
好—者 42-4
即—形言 42-12
息無— 52-9

秦灰— 序14
名— 序16
淡海帝—長子也 1-2
此国— 1-3
万歳—後 1-5
箕帚—妾 1-7
親愛— 1-7
以試— 1-8
壬申年—乱 1-12
淡海帝—第二子 2-2
莫逆—契 2-3
忠臣—雅事 2-4
悖徳—流耳 2-5
争友—益 2-5
余亦疑— 2-6
帝—長子也 3-2
人臣—相 3-5
交遊—意 3-7
呉越—間 4-2
忘害—心 4-3
法師察— 4-3
全躯—方 4-4
経典—奥義 4-6
帝嘉— 4-8
淡海帝—孫 5-2
大友太子—長子 5-2
浄御原帝—長女 5-2
推— 5-7
王子叱— 5-8
龍潜—日 15-3
今—見 17-12
敬愛—沖衿 33-3
琴罇—賞 33-3
厚—栄命 33-3
鳳鸞—義 33-3
別愁—篇 33-7
同心—翼 33-8
五千—文 33-8
飽徳—地 33-9
三百—什 33-9
叙志—場 33-9
西園—遊 33-9
南浦—送 33-10
翕欣載—心 42-5
歓娯—致 42-5
君子—風 42-7
賢人—酎 42-8
宇宙—表 42-8
竹林—間 42-9
揺落—興 42-10
登臨—送 42-11
奔命—場 42-11
息肩—地 42-12
西傷—華篇 42-12
北梁—芳韵 42-12
遊吉野川—作 51-2
千里—間 53-3
三春—内 53-3
心中—四海 53-5
曲裏—長流 53-5
問我—客 53-6
慰我—賓 53-7
千里—駕 53-11
—箇—榻 53-12
—擬飛 53-14
松竹—貞 53-17
芝蘭—馥 53-17
知人—難 53-18
遇時—罕 53-18
大器—晩 53-18
—得—言 53-19
三思—意 53-19
—篇—詩 53-19
寸心—歎 53-20
琴瑟—交 53-22
芝蘭—契 53-22
節度使—作 53-37
聖代—狂生耳 54-3
良節—已暮 54-4
昆弟—芳筵 54-4
千歳—間 54-5
—酔—飲 54-5
軒冕—栄身 54-5
泉石—楽性 54-6
老—将至也 54-7
丈夫—才 54-8
今日—事 54-8
吉野—作 55-5
三蔵—玄宗 57-3
五明—微旨 57-4
帝嘉— 57-6
養性—宜 57-14
乖任物—用 57-14
撫躬—驚惕 57-14
先考—旧禅処 58-2
柳樹—作 58-2

今伝於一　63-4

〔並〕

一泰昌　1-14
一入別離絃　42-15

丨　部

〔中〕

眼一　1-2
天一洞啓　1-4
年一　4-3, 15-2, 15-4, 63-4
禁一　5-5
一臣朝臣大島　6-1
酒一沈去輪　8-3
林一　8-9
一納言　9-1, 45-1, 55-1, 63-1, 63-2, 63-6
曲一　15-8, 50-3
碧瀾一　16-4
薜蘿一　17-10
左一弁　29-1
一臣朝臣人足　29-1
苑一栄　39-7
田一朝臣浄足　43-1
波一　45-4
山一　52-7, 53-36, 62-11, 62-12, 64-3
心一之四海　53-5
簡于国一　57-4
宮一　57-4
選一　57-5
臥巌一　57-17
独坐山一　61-5
在衣一　62-4
一務卿　63-1
憶閨一　63-19
一宮少輔　64-1

〔予〕

一国親　15-7
聖一　50-3

丶　部

〔丹〕

一墨　22-4
一桂　33-7
一墀　50-4
一霞　53-27
一墀真人広成　55-1
棲一鳳　64-3

〔主〕

無賓一　3-19
与朝一人　15-6
今漢一　15-7
聖一沢　28-4
混賓一　33-5
一税頭　36-1
元無一　65-4

丿　部

〔乃〕

遂一　序14
一止　5-8
況一　42-14

〔久〕

一下位　3-5
歳一　53-11
一歎周　54-18
天地一　57-9
我一貧苦　62-3

〔之〕

降蹕一世　序1
建邦一時　序1
洙泗一風　序3
斉魯一学　序3
先帝一　序5
未一有也　序7
文学一士　序8
置醴一遊　序8
当此一際　序8
神納言一　序11
藤太政一　序11
古人一　序12
風月一　序12
涙一泫然　序13
風声一　序14
魯壁一　序14

観—国　17-3
—歳真　19-5
—年春　22-5
—代　29-3, 54-19
洽—民　34-4
被—国　39-6
百—聖　41-6
楽—　45-3
—丈　46-3
—里　49-4, 63-15
幾—端　52-7
学隆—巻　53-13
—巻徒然　53-32
藤原朝臣—里　54-1
—古色　58-5
—秋　60-3

〔与〕

始—大津皇子　2-2
—風聞　3-10
—朝主人　15-6
伊—部馬養　20-1
論道—唐儕　26-3
—巴音　33-6
智—仁　46-6
僕—明公　53-11
逵—猷　53-22
—仙戯　56-3
徳—　57-9
伊—連古麻呂　60-1
談—　63-18

〔不〕

—覚　序13
—忘　序16
風骨—似世間人　1-3
—足憂也　1-7
莫—粛然　1-9
天命—遂　1-12
—拘法度　3-3
—是人臣之相　3-5
—全身　3-5
遂図—軌　3-6
—以忠孝　3-6
時—至　3-17
—為害　4-5
莫—驚駭　4-8
—知　5-12, 54-7
智—敢垂裳　8-6
猶—師　8-7
—期　9-3
誰—楽　13-5
杳—極　20-3
誰—仰　25-4
—淹留　29-5
愧—工　30-4
—皈情　32-4
—憚　33-17
逝—留　35-3
数—過　53-4
—忘皈　53-9
—悟　53-16
—曽休　53-21
—怕　53-25
悲—遇　53-29
—異鱗　53-31
—慮　54-5
終—用　54-15
図—出　54-18
—才風　55-9
為時—容　57-6
—同　57-13
—遑　57-15
莫—洞達　62-6
—復還　62-10
然遂—往　63-6
期—識　63-16
—須消　65-3

〔且〕

—留連　3-13
—欲　8-7
嘯—驚　12-8
—惟水　29-3
—狂簡　33-9
—免寒　62-13

〔世〕

降蹕之—　序1
—間人　1-3
淡海帝—　4-2
天皇—　4-5
—頌　27-3
—独不悟　53-16
—読此書　62-6

21-1, 23-1, 25-1, 29-1
翔台—　22-3
日—　26-5, 53-23
霊台—　33-12
—宴当時宅　41-7
—毛野朝臣虫麻呂　42-1
白露—　42-10
桂山餘景—　44-7
外従五位—　50-1, 58-1, 59-1
月—芬芳　53-7
天子—詔　53-15
添—人　57-2
自此以—　62-8

〔三〕

—階　序7
天平勝宝—年　序16
年廾—　1-9
—才並泰昌　1-14
—能士　3-12
—蔵　4-4, 57-3
時年七十—　4-8
年七十—　48-1
正—位　7-1, 53-1
—首　8-1, 33-1, 44-1, 46-1, 47-1, 52-1, 55-1
然毋—絶　8-7
従—位　9-1, 24-1, 45-1, 54-1, 55-1, 63-1, 63-6
—餘暇　11-3
耀—春　17-4
年六十—　17-1, 24-1
頌—春　25-4
—徳人　28-3
山田史—方　33-1
—百之什　33-9
—朝使　33-11
—秋　40-3
—秋落　58-6
去—尺而　42-7
—元節　44-4
—舟谿　49-6
及—韓　52-6
飄—春　52-10
—春之内　53-3
于今—年　53-11
—能逸士　53-15
—思之意　53-19
経—歳　53-24
—宝　57-9
—月—日　16-2, 33-16
—百匹　62-7
第—子也　63-2
—冬　63-15

〔上〕

高麗—表　序2
隴—　6-3
台—　8-3
梁—　8-9
—林　9-3, 10-8, 22-5, 47-3
従四位—　10-1, 32-1
犬—王　11-1
正五位—　12-1, 26-1, 48-1
塘—　13-4
馬—怨　15-8
巌—翠　17-11
正六位—　40-1, 41-1, 47-1
鬐—暉　18-3
瑶池—　20-5
—月　32-3
—巳禊飲　39-5
—春　44-3
堤—　45-4
玉機—　47-8
天—情　50-4
峡—　54-22
—総守　60-1
—峰巒　62-13
石—朝臣乙麻呂　63-1
石—中納言　63-2
月—　64-6

〔丈〕

方—　29-4
万—　46-3
—夫　54-8

〔万〕

聖朝—歳之後　1-5
親—機　1-9
—国表臣義　1-14
—騎筵　3-12
異—草　6-4
霑—民　7-5

一　部

〔一〕

凡一百二十篇　序15
勒成一巻　序15
冬十一月也　序17
一百人　57-4
一絶　1-13, 1-15, 2-7, 3-18, 15-9, 37-1, 38-1, 64-5
一首　2-1, 3-8, 3-11, 4-9, 4-12, 5-10, 5-13, 6-2, 6-5, 7-1, 7-2, 8-2, 8-5, 8-8, 9-1, 9-2, 11-1, 11-2, 12-2, 12-6, 13-1, 13-2, 14-1, 14-2, 16-1, 16-2, 17-2, 17-6, 17-14, 18-1, 18-2, 19-1, 19-2, 20-1, 20-2, 21-1, 21-2, 22-1, 22-2, 23-1, 23-2, 24-1, 24-2, 25-1, 25-2, 26-1, 26-2, 27-1, 27-2, 28-1, 28-2, 31-1, 31-2, 32-2, 32-5, 33-2, 33-13, 33-16, 34-1, 35-1, 35-2, 36-1, 36-2, 39-2, 40-1, 41-2, 42-1, 42-2, 43-1, 43-2, 44-5, 48-1, 52-8, 53-10, 56-1, 58-1, 59-1, 60-1, 63-8, 63-11, 63-14, 63-17, 64-2
一言定国　5-9
一園春　7-3
一嶺白　12-4
年卅一　14-1
贈正一位　17-1, 52-1
一逢秋　17-15
年八十一　19-1
一人徳　19-5
一朝逢　29-3
一面　40-3
敷一寸而　42-8
一字　42-13
啓一千　42-14
一相思　47-11
一去　49-4
開一嶺　52-10
一箇之榻　53-12
我一得之言　53-19
一篇之詩　53-19
一生裏　53-38
一曲　54-4
一盃　54-4
一酔之飲　54-5
一旦　54-13
若一啓　54-16
一愚賢　60-3

〔七〕

一言　3-14, 12-2, 46-2, 53-10, 53-26, 55-5
六一年中　4-3
時年一十三　4-8
年一十三　48-1
時年卅一　5-9
一歩情　12-8
一夕　17-14, 33-13, 35-2, 46-8, 47-6, 52-2
年五十一　21-1, 46-1, 52-1
年六十一　28-1
年一十四　45-1
年一十　49-1
聖時逢一百　42-14
年一十餘　57-7

〔丁〕

昔一母憂　62-3

〔下〕

群一畏服　1-9
一筆　1-11, 54-10
以此久一位　3-5
水一斜陰砕　8-4
正四位一　11-1, 27-1, 46-1
松一　12-5, 61-4
芳餌一　14-4
正五位一　16-1, 18-1, 31-1, 49-1, 64-1
淑気光天一　17-7
機一非曽故　17-15
巫山行雨一　18-3
従五位一　13-1, 19-1, 20-1, 33-1, 34-1, 35-1, 36-1, 37-1, 38-1, 39-1, 42-1, 43-1, 51-1, 56-1, 60-1
従四位一

穴　126（91）
立　125（92）

六　画
竹　125（92）
米　124（93）
糸　123（94）
缶　121（96）
网罒　121（96）
羊　121（96）
羽　120（97）
老　119（98）
而　119（98）
耳　119（98）
聿　118（99）
肉月　118（99）
臣　117（100）
自　117（100）
至　116（101）
臼　116（101）
舌　116（101）
舛　116（101）
舟　115（102）
艮　115（102）
色　115（102）
艸艹　115（102）
虍　111（106）
虫　110（107）
血　110（107）
行　110（107）
衣衤　110（107）
襾　109（108）

七　画
見　108（109）
角　108（109）
言　108（109）
谷　105（112）
豆　105（112）
豸　104（113）
貝　104（113）
赤　103（114）
走　103（114）
足　103（114）
身　102（115）
車　102（115）
辛　101（116）
辰　101（116）
辵辶　101（116）
巴阝　97（120）
酉　97（120）
采　96（121）
里　96（121）

八　画
金　95（122）
長　95（122）
門　94（123）
阜阝　93（124）
隹　92（125）
雨　91（126）
青　89（128）
非　89（128）

九　画
面　89（128）
韋　89（128）
音　89（128）
頁　88（129）
風　88（129）
飛　87（130）
食食　87（130）
首　86（131）
香　86（131）

十　画
馬　85（132）
骨　85（132）
高　85（132）
髟　84（133）
鬥　84（133）
鬼　84（133）

十一画
魚　84（133）
鳥　83（134）
鹵　83（134）
鹿　83（134）
麻　82（135）

十二画
黄　82（135）
黒　82（135）

十三画
鼓　82（135）

十四画
鼻　82（135）
齊　82（135）

十六画
龍　82（135）

部首索引

一画

一　216 (1)
丨　213 (4)
丶　213 (4)
丿　213 (4)
乙乚　211 (6)
亅　211 (6)

二画

二　210 (7)
亠　209 (8)
人亻　209 (8)
儿　203 (14)
入　202 (15)
八　202 (15)
冂　201 (16)
冖　201 (16)
冫　200 (17)
几　200 (17)
凵　200 (17)
刀刂　200 (17)
力　199 (18)
勹　198 (19)
匕　198 (19)
匚　198 (19)
匸　197 (20)
十　197 (20)
卜　196 (21)
卩　196 (21)
厂　196 (21)
厶　196 (21)
又　195 (22)

三画

口　195 (22)
囗　190 (27)
土　190 (27)
士　187 (30)
夂　187 (30)
夕　186 (31)
大　186 (31)
女　184 (33)
子　183 (34)
宀　182 (35)
寸　179 (38)
小　178 (39)
尢　178 (39)
尸　177 (40)
山　177 (40)
巛　175 (42)
工　175 (42)
己　175 (42)
巾　174 (43)
干　173 (44)
幺　172 (45)
广　172 (45)
廴　171 (46)
廾　171 (46)
弋　171 (46)
弓　170 (47)
彡　170 (47)
彳　170 (47)

四画

心忄　168 (49)
戈　164 (53)
戸　163 (54)
手　163 (54)
支　160 (57)
文　160 (57)
斗　159 (58)
斤　159 (58)
方　159 (58)
无　158 (59)
日　158 (59)
曰　154 (63)
月　153 (64)
木　151 (66)
欠　146 (71)
止　146 (71)
歹　145 (72)
殳　145 (72)
毋　144 (73)
比　144 (73)
毛　144 (73)
氏　144 (73)
气　144 (73)
水氵　144 (73)
火　137 (80)
灬　136 (81)
爪爫　135 (82)
父　135 (82)
爻　135 (82)
片　135 (82)
牙　135 (82)
牛　135 (82)
犬犭　134 (83)

五画

玄　134 (83)
玉王　133 (84)
甘　132 (85)
生　132 (85)
用　132 (85)
田　131 (86)
疋　131 (86)
疒　131 (86)
癶　131 (86)
白　130 (87)
皿　130 (87)
目　129 (88)
矢　128 (89)
石　128 (89)
示礻　128 (89)
禸　127 (90)
禾　127 (90)

凡　例

1. 部首の配列は『康熙字典』（通例の漢和辞書の基準）による。
2. 索引篇の漢字は本文篇に基づく。ただし、以下の旧字・俗字・簡体字は新漢字に改めた。

聽（聴）　觀（観）　乘（乗）　濟（済）　圖（図）　譯（訳）　齊（斉）　學（学）
德（徳）　巖（巌）　當（当）　舊（旧）　覺（覚）　藏（蔵）　從（従）　辨（弁）
實（実）　國（国）　將（将）　鹽（塩）　廣（広）　賔（賓）　會（会）　淨（浄）
狀（状）　畫（画）　屓（負）　軀（躯）　對（対）　應（応）　氣（気）　拜（拝）
榮（栄）　萬（万）　濵（浜）　輕（軽）　臺（台）　埀（垂）　迴（廻）　盡（尽）
樂（楽）　蟬（蝉）　條（条）　絲（糸）　屢（屡）　澤（沢）　藪（薮）　擧（挙）
兩（両）　體（体）　壽（寿）　獨（独）　帶（帯）　邊（辺）　轉（転）　拂（払）
樓（楼）　聲（声）　滿（満）　寶（宝）　櫻（桜）　處（処）　雜（雑）　勞（労）
彈（弾）　釋（釈）　歸（帰）　單（単）　讀（読）　殘（残）　傳（伝）　寢（寝）
獵（猟）　爲（為）　峯（峰）　羣（群）　數（数）　塲（場）　惠（恵）　髙（高）
鬂（鬢）　貳（弐）　來（来）　釼（剣）　壯（壮）　徃（往）　擇（択）　鑄（鋳）
濤（涛）　錢（銭）　禰（祢）　螢（蛍）　雙（双）　曺（曹）　禪（禅）　豫（予）
寫（写）　擔（担）　觸（触）　齋（斎）　凉（涼）　曠（昿）　遙（遥）　隨（随）
驗（験）　鸎（鶯）　爭（争）　蓋（盍）

3. 以下の漢字は括弧内に示した漢字の異体字であるが、別項目として掲げた。

叓（事）　斈（学）　灾（災）　厺（去）　皈（帰）　秌（秋）　燕（鷰）

4. 本文篇に基づく漢字の検索は、以下の通りである。

序15＝序は本文篇の序文、「15」はその15行目を指す。
1 10＝1は本文篇に示した作者番号、「10」はその10行目を指す。

懐風藻漢字索引〔索引篇〕

『新訂 懐風藻漢字索引』跋

かつて『万葉集』の研究に役立たせようと思い、『懐風藻』の漢字をカードに取りガリ版の索引を作った。その後、これを元にして手書きの『懐風藻漢字索引』に作り直し、新典社さんから刊行して戴いた。このたびは底本を群書類従本（版本）に改めて新たに活字化し刊行することとなった。これもまた新典社さんからの刊行である。爾来、四十数年を経ている。

今回の『新訂 懐風藻漢字索引』が、新たな装いによって新典社さんから再び刊行されることに奇縁を感じる。新典社さんからは、すでに多くの拙著を刊行して戴いている。社主の岡元学実氏に感謝申し上げる。また、この複雑にして精密な編集と校正とを担当して戴いた原田雅子氏にも厚く御礼を申し上げる次第である。

今後、『懐風藻』が日本上代の古典作品として一層研究の対象となることを願うところである。

令和6年4月

著者

辰巳 正明（たつみ　まさあき）
1945年1月30日　北海道富良野市生まれ
1973年3月31日　成城大学大学院博士課程満期退学
2018年10月　第6回日本学賞受賞（日本学基金）
現職　國學院大學名誉教授・同大學客員教授
学位　博士（文学・成城大学）
著書　『長屋王とその時代』『歌垣　恋歌の奇祭をたずねて』『懐風藻　古代日本漢詩を読む』『「令和」から読む万葉集』『大伴旅人　「令和」を開いた万葉集の歌人』『奈良朝詩学研究　万葉集の系統発生と個体発生』（以上、新典社）他多数。
編著　『郷歌　注解と研究』『古事記歌謡注釈　歌謡の理論から読み解く古代歌謡の全貌』（以上、新典社）『懐風藻　漢字文化圏の中の日本古代漢詩』『懐風藻　日本的自然観はどのように成立したか』（以上、笠間書院）『「万葉集」と東アジア』（竹林舎）など。

新訂　懐風藻漢字索引《かいふうそうかんじさくいん》

2024年5月15日　初刷発行

編　者　辰巳正明
発行者　岡元学実

発行所　株式会社　新典社

〒111－0041　東京都台東区元浅草2-10-11吉延ビル4F
ＴＥＬ　03－5246－4244　ＦＡＸ　03－5246－4245
振　替　00170－0－26932

印刷所 惠友印刷㈱　製本所 牧製本印刷㈱

ISBN978-4-7879-0654-0 C1095
https://shintensha.co.jp/
E-Mail:info@shintensha.co.jp